U0812514

光合 | 作用
GUANG HE ZUO YONG

光合|作用
GUANG HE ZUO YONG

每段青春，都是一截奋不顾身的蜡烛

朱成玉 著

新世界出版社
NEW WORLD PRESS

图书在版编目（CIP）数据

每段青春，都是一截奋不顾身的蜡烛 / 朱成玉著
. -- 北京 : 新世界出版社 , 2017.3
（光合作用书系）
ISBN 978-7-5104-6086-9

Ⅰ. ①每… Ⅱ. ①朱… Ⅲ. ①散文集－中国－当代
Ⅳ. ① I267

中国版本图书馆 CIP 数据核字（2016）第 310571 号

每段青春，都是一截奋不顾身的蜡烛

作　　者：朱成玉
责任编辑：董晶晶
责任印制：李一鸣　王宝根
出版发行：新世界出版社
社　　址：北京西城区百万庄大街 24 号（100037）
发 行 部：（010）6899 5968　（010）6899 8705（传真）
总 编 室：（010）6899 5424　（010）6832 6679（传真）
http://www.nwp.cn
http://www.nwp.com.cn
版 权 部：+8610 6899 6306
版权部电子信箱：nwpcd@sina.com
印　　刷：中印南方印刷有限公司
经　　销：新华书店
开　　本：787mm × 1092mm　1/16
字　　数：200 千字　印张：14.75
版　　次：2017 年 3 月第 1 版　2017 年 3 月第 1 次印刷
书　　号：ISBN 978-7-5104-6086-9
定　　价：32.80 元

目录

CONTENTS

每段青春，都是一截奋不顾身的蜡烛

第一辑　上帝阅读着尘世的每一个人

第二辑 明天，我会在哪只鞋子里

第三辑　为我的灵魂打补丁的人

第四辑 你给我的香，七里那么长

第五辑 有些心愿，追不上流星

第六辑　每段青春，都是一截奋不顾身的蜡烛

第七辑　为一朵花披上袈裟

第一辑
上帝阅读着尘世的每一个人

上帝只是个愿意看书的老头儿，他阅读着尘世的每一个人，你只有把自己的书写得精彩了，才能得到他老人家的眷顾。

⊙ 镀着阳光的金项链

那是一张永远无法定格在胶卷上的脸，那是裱在摄影家心底的一张照片。

那是一群贫苦交加的人们对美好生活的渴望。

那是很多年前的事情了，因为我的摄影家朋友略微懂得一些非洲语言，所以争取到了随同新华社的记者去索马里难民营采访的机会。他一直有那样一个愿望，要用相机记录下难民们一个个水深火热的日子，唤醒全世界的善良来拯救这样一群在死亡边缘挣扎的人们，他们有黑色的皮肤，有褴褛的衣衫，有在贫苦中依然闪亮的眼睛……

那是一个怎样的居住地啊，像城市里的某个垃圾处理场，臭气熏天，尘土飞扬，战争让他们流离失所，饱受了上帝揣在口袋里的所有苦难。

在那里，他摸到了儿童们瘦如鸡爪的手，听到了老人们临终时的哀嚎和呻吟，看到了妇女们惊恐的眼神……这些都在他的心底烙下了深深的印记。那里的每一个人，随时都有可能死去。一粒药片比一粒金子更珍贵，一次小小的感冒引发的高烧就会将人推下生命的悬崖，死亡就像很随便的一堆篝火的熄灭一样，平常得已经不能让人感到伤痛了。

但让他无比惊讶的是，在他决定给他们照相的时候，不论男人还是女人们，都纷纷去洗脸梳头，把自己收拾得干干净净的，似乎是要赶赴一个节庆一样。他想：再贫苦的人，对生活也是充满向往之心的。

其实，他们是在为自己守着那最后一点尊严——让全世界都尊重的，非洲的心。

我的摄影家朋友倾其所有，为他们照满了整个口袋里的胶卷。就在他要离开的时候，一个小姑娘跑过来拽住了他的胳膊，央求他为她照张像。他看到她将自己收拾得干干净净，特别是她的胸前，竟然还戴了一串金光闪闪的项链。她似乎看出了他眼中的惊讶，笑着对他说了项链的秘密，原来那是她用泥巴搓出来的一个个泥球，然后用花粉涂在外面，串成了项链。

就为了做这个“项链”，她才耽搁了照相。

他拿着相机的手在颤动，他不能告诉她相机里已经没有胶卷了，他不能让这朵开在人世间最苦难之地的花在瞬息之间就凋谢，那是一颗真诚地热爱着生活的心啊。

她对着他的镜头绽放着灿烂的笑，他也不停地摁着谎言的快门，用一个个闪光灯骗过了她的期待。非洲女孩黑黑的脸和灿烂的笑，在那一刻永远定格在了摄影家的灵魂里，再也剜不掉。

回到大使馆后，我的摄影家朋友想尽办法向工作人员要了几个胶卷，他的心很乱，迫不及待地要求再回到难民营一趟，他想为那个女孩补照几张照片，前后辗转约有二十多天。他不知道，这二十天，一个满怀期待的生命就走到了生命的尽头。

她纤细的生命一直在飘飘荡荡，一次简单的感冒，就让她永远地睡着了。

小女孩躺在母亲的怀里，已经离开了苦难的人世，胸前的那串项链依然镀着阳光的色彩，刺得人的眼睛有种无法回避的疼痛。

那母亲说，这二十天是孩子最快乐的日子，她每天都在盼望能看到她的照片，看到自己在灿烂的阳光下，像花一样开放。

那母亲说，她临终前的最后一句话还在问："中国叔叔来了吗？"

这就是生命。在那最贫苦的地方，一个苦难的灵魂涂抹上阳光的色彩，变成珍珠，串成了美丽的项链……

对美的向往之心，让这个世界重新看到了自己的希望。

⊙ 多翻几个个儿就熟了

我的少年时光很短，最起码我自己这样认为。

我说它短，是因为本该去享受的少年时光，被我自己掐断了。

因为学习成绩一直很好，也因为倔强和高傲，我中考的时候只报了唯一的一个志愿，那就是重点高中。我对所有人说，重点高中是我的囊中之物。结果老天弄人，差三分而败北。那一刻，仿佛看见所有人眼睛里都有一把嘲弄的匕首，纷纷刺向我，让我无处可逃。

老师来劝我重读，父母也劝，可是我哪里还有脸回到学校，除非让我戴上一个大大的面具，用来遮羞。

我没有选择重读，而是走了另外一条坎坷的路——自学。

那时候的我经历着“最落魄”的青春。我的语文老师刘季夫知道后，让我加入他的文学社，鼓励我进行文学创作。那是我最早接触的文学的天地，一篇篇小文章经过他的修改，在当地的小报上发表，从此，我的文学之路开始了，虽然艰辛，却无比欣慰。在最苦的时日里，在那个冷冷的西屋里，我的手，因为长时间拿笔，被冻成了馒头的形状。

总是母亲起床做饭的时候，我睡下。像路遥一样，我的早晨，也永远都是从中午开始。

可是后来季夫老师生了病，文学社解散，我的世界一下子又暗了下去。

母亲倒是支持我，她说，既然选择了这条路，就坚持走下去吧。坚持，这是母亲最本真的鼓励吧，没有一点煽情的意味。“不过，”母亲接着说，“买稿纸和邮票的钱要你自己去挣来。”

是啊，不工作，一直这么靠父母养活，我心里也愧疚，一咬牙去了父亲的工厂当了一名学徒工，白天工作，夜里写诗，靠着一种青春的激情，竟不觉得累。

只是，我投出的稿子总是泥牛入海无消息，让我不禁有些动摇了。

还是母亲，还是不带半点煽情味道的鼓励：“哪有那么容易成功的事儿，坚持住，总会有成果的。”

我便选择继续坚持写下去。那个时候，喜欢看书，可是家里那几本书都已经读得稀烂，做梦都是关于偷书的梦，梦见自己偷偷地潜入书店，把书店里的好书装了满满几麻袋偷走，睡梦中露出贪婪的微笑。

和母亲说起我的梦，母亲笑笑没说什么，周末的时候，领我去书店，让我挑喜欢的书。我不敢相信，吝啬的母亲为了鼓励我写作，竟然可以给我买那么多的书。《复活》《战争与和平》《悲惨世界》《约翰·克利斯朵夫》等名著都是在那个时候与我抱了满怀的，我如饥似渴地读着，忘我地走进小说的世界里。从《悲惨世界》，我知道了原来人间还有那么巨大的苦难和不幸，人如果要作恶，可以恶到什么地步，而人如果决心行善，又可能产生多么伟大的精神力量；从托尔斯泰的《复活》，我学会了用解剖刀一般锋利的目光审视周围人们的道德，同时也用严格的尺度审视自己的心灵；从《约翰·克利斯朵夫》，我感受到友谊的温馨、爱情的迷人和牵魂动魄、艺术的价值和力量。

我的文学之路从那个时候开始变得坚实了许多。

又一次收到退稿的时候，我耷拉着脑袋，不敢面对母亲热切期望的眼神。正是年底的时候，母亲在灶台上给我们炒花生果，一边炒，一边对我说："不急，你看这花生果，要多翻几个个儿才能熟呢！人不也一样吗？受些煎熬和苦楚，有啥大不了的！"

我深有感触，是啊，有啥大不了的，我还不信，我的文字变不了铅字呢！

终于，一年后的某一天，我的文章终于发表了，而且还是《散文》这样的大杂志。母亲向我表示祝贺的方式一样没有半点煽情意味，只是递给我一把炒好的花生果。我剥了皮，吃了一个，真香，炒得恰到好处。

这一次母亲没有说话，但我永远记住了母亲关于炒花生果的那一段妙语：多翻几个个儿就熟了。

是啊，迷茫、困惑……什么都不要怕，要成长，要成熟，就得在生活的热锅里多翻几个个儿呢！

⊙ 你无法怂恿太阳去沉沦

刚刚下过一场厚厚的雪，覆盖了这个世界所有的缺憾和污垢，广阔的天地间只剩下一张巨大无边的白纸，轻轻托着一颗正在滴血的巨大的心脏。

我们不停地奔跑，只想把那颗心脏抱在怀里。

那是一场日全食，在短暂的黑暗之后，太阳重新统治了世界，那红红的太阳，像一万只鸽子凝固在一起的痴情的血，像一万个女人滴在一处的相思的眼泪。

憔悴的太阳，是什么让你无法承受世人辛酸的泪水？

想到尘世中的人，想到一些或高贵或卑微的生命，那生生世世无法愈合的伤口、那时时刻刻无法安宁的疼痛，便是生命中一次次悲壮的日食。是啊，再伟大再坚强的生命也有脆弱的一面，正如太阳也会生病，也有容颜憔悴暗淡无光的时刻，尽管它是我们精神上的父亲，每天都在为我们灌输着血液和真理。

日全食可以被认为是太阳的短暂沉沦吗？不，那不是沉沦，那是太阳累了，想休息一下而已。

这时候的太阳让我想起某些人，那些人注定是充满光泽的，那份光泽来自于灵魂，因为灵魂里镶嵌了钻石。

南非前总统曼德拉曾被关押二十七年，受尽虐待。他就任总统时，邀请了三名曾虐待过他的看守到场。当曼德拉起身恭敬地向看守致敬时，在场的所有人乃至整个世界都静了下来。他说："当我走出囚室、迈过通往自由的监狱大门时，我已经清楚，自己若不能把悲痛与怨恨留在身后，那么我仍在狱中。"

欧·亨利，美国短篇小说家，尽管他极端憎恨社会的丑恶和黑暗，但却对这个社会抱有不切实际的幻想，所以，总是为自己的故事添上一个圆满的结局。他一生都在渴望着光明，在他临终时，屋子里却一团漆黑。他愤怒地对身边的人说："打开灯，我不在黑暗中回老家！"

爱迪生八十四岁高龄的时候，仍然整天在实验室里忙碌。有一天，终于因体力不支昏了过去。当他在病房里苏醒后，发现亲友们正在焦虑地看着他。爱迪生向大家扫视一遍，然后微笑着说："阴间的景色还真是不错啊。"这位伟大的发明家很快就平静地去了。

在他入葬那天，许多人家都关闭了灯光，在黑暗中默哀。因为大家都知道爱迪生的发明对大家的贡献和好处：灯光只要熄灭哪怕一忽儿工夫，就能让人们体会到有多大的不方便；要是灯光熄灭一段时间，那人们就更会感到不方便了。人们就选择了用这种方式纪念这位伟大发明家的卓越贡献。

海明威说："你可以战胜一个人，但就是打不垮他。"

是的，你可以躲进阴影里，逃避太阳的光芒，但你无法怂恿太阳去沉沦，就像你不能阻止一棵树的成长。那些向上的心，懂得如何在逆境中攀援。

每个人的生命中都曾有过灰暗的时候，每一片命运的雪地上，都会掺杂着一些苦难的盐，每一条道路上都有人等待重新出发，但再大的风雪也无法阻挡明天的太阳。

明天的太阳是新鲜的，世界的每一个早晨都是新鲜的，新鲜得令人垂涎欲滴，崭新得让堕落的灵魂羞愧。

你永远无法怂恿太阳去沉沦！

⊙ 每个人的世界都不大

其实，每个人的世界都不大。

朋友的父亲去世，我照例去参加葬礼，或许是经历的生死太多，那里的悲伤并没有过多地感染我，直到那一幕出现。

起灵的时候，亲人们与逝去的人告别，我们要围着遗体走一圈。这时候，忽然听到一声撕心裂肺的嚎啕，是朋友的姐姐，她一下子扑到遗体上，哭喊着："爸，你咋变得这么瘦这么小啊？"一颗心就这样陷进悲伤里了，眼泪再也止不住地流了出来。想想，如果那个变得又瘦又小的人，是自己的亲人会怎么样呢？我想到我的父亲，他本来就那么瘦小，如果有这样一天，他会变成什么样子啊？

不敢去想。

父亲前几日刚刚做过前列腺手术，手术成功了，可是父亲整个人瘦了一圈。瘦骨嶙峋的他躺在病床上，半夜里忽然醒来，看到头顶的吊瓶，紧张地问："三儿，你们谁怎么了？怎么打上吊瓶了？"父亲是发烧发糊涂了，他不记得是自己做手术了。我们告诉他，是他在住院。他呆愣了很久才缓过劲来，惊出了我们一身冷汗，真担心他前列腺治好了，脑子却坏了。

他看着我们陪护，却没有地方休息，就打发我们回家去住。拗不过他，大哥自己留下来，我们回母亲那儿住。

几天来，母亲身心俱疲，人也瘦了不少。我们怕吵醒她，蹑手蹑脚的，尽量不发出一点声响。父母住的是平房，一铺很大的炕。我们每次回来，母亲都会早早地为我们铺好被，不忘铺上厚厚的几层褥子。她说我们楼里的床都是软乎的，怕我们住不惯这硬板炕。

我看到偌大的炕上，只有母亲一个人蜷缩在炕头，像一小捆稻草。

我的心忽然疼得厉害，真担心有一天，父母去了一个，剩下的另一个，就这么孤零零地吃饭，孤零零地睡觉，情何以堪！

母亲觉轻，一丁点的响动都会把她吵醒。母亲看见我们回来了，很高兴，要为我们做夜宵吃。看着我们有些红肿的眼睛，她乐呵呵地劝慰起我们来："有啥啊，你爸他不就是一个小手术吗？这马上就能出院回家了，你们啥都不用担心，家里有我呢，你们该忙什么忙什么，别耽误了工作。"

母亲的背驼得厉害，她的头正在不停地向她的脚丫子使劲。我想，大概哪一天，这头和脚丫子开了碰头会，母亲也就去了，正好是一个句号。

看到我们依然郁郁寡欢的样子，母亲又开始唠叨起来："就算有一天你老爸先走了，你们也别为我发愁，我就当这老家伙去旅游了。他这辈子就喜欢往外溜达，他不回来，那肯定是碰到让他流连忘返的好风景了。这回就让他溜达个够。"

我知道，母亲这是故装豁达来开导我们，她是多么怕失去父亲啊，那是她生命中最不可割舍的依靠。

但不管怎样，母亲的话还是让我们感到宽慰。好好活着吧，只要去的时候，不留遗憾。

人生就像上下午，上午很努力地生长，下午不情愿地枯萎。成人之后，每个人，每一天，都在变小，直到住进那方小小的木盒里。

有些人，一厢情愿地希望把自己变大，用金钱和权杖扩充着自己的世界，开最好的车，住最靓的房，飨最贵的餐……他高高在上，威风八面，梦想永远做着物质世界里的巨人。但时间是冷酷的，它不允许你变大，它只会让你变小。

葬礼之后，朋友为答谢大家，在酒店备了几桌筵席。在悲伤的气氛里，人们都已失去了食欲。朋友让我讲几句话。换做以前，我是断然不会在这么多人面前讲什么话的，因为我是个嘴笨的人，不知道该说什么，但这次我没有拒绝，毫不犹豫地接过话筒，说出了下面的话：

人世间，有谁不是踩着悲伤的调子，向前奔走的？

每个人，每一天，都在不停地变小、变小。

无论你富贵还是贫穷，无论你伟大还是庸常，无论你两手空空还是手握耀眼的权杖。

就如同这个上午，我们刚刚送走的这一位老人。

我们为他祈祷，更要为他祝福。

他逝去的时候，阳光灿烂，我们要祝福；

他在去往天堂的路上，我们要祝福；

他临终的时候，儿女们都在身边，我们要祝福；

他走得很安详，很释然，我们要祝福；

他没有带走尘世的任何一样东西，所以他变得很小，变得很轻，这样更容易接近天堂，因为天使们也都是很轻的，所以，我们要祝福。

逝去的人去了，活着的人还要好好活着。而好好活着，便是生者对逝者最大的安慰吧！

朋友们，请好好活着。

⊙ 巴尔扎克的手杖

手杖，我看得见它的殷勤。它蹲在他的腰部以下，紧贴着他的右腿，给他一个支撑，更确切地说，是给他一个可以站住的支点，因为他常常会不自觉地摇晃。

手杖，我看得见它的华贵。嵌着金，镶着钻，如此闪亮，如同他头上发光的头油，映着他无所依附的虚荣。

手杖，我看得见它的气魄。因为那上面刻着：我能粉碎一切障碍！他的雄心勃勃来自于他在创作小说时的忘我状态，那时候的他的确无人能敌，如同战场上的拿破仑。

那是巴尔扎克的手杖！

他活着的时候，国家学会不要他，因为他是一个负债的作家；正人君子不要他，因为他是一个潦倒的作家。这个不懂人情世故和阴谋诡计的幻想家，总想找门道发财，却总发不了财。他在成名之前，经历了太多的贫穷。他本是学法律的，可后来偏偏想当作家，全然不听父亲让他当律师的忠告，把父子关系弄得十分紧张。不久，父亲便不再向他提供任何费用，他写的那些玩意儿又不断地被退了回来，他陷入了困境，负债累累，最困难的时候，他甚至只能吃点干粮喝点白开水。但他依然乐观，每当就餐，便在桌子上画上一只只盘子，上面写上“香肠”“火腿”“奶略”“牛排”等字样，然后在想象的欢乐中狼吞虎咽。

有天夜里，一个小偷爬进了他的房间，在他的书桌里乱摸。他被响声惊醒了，悄悄爬起来，点亮了灯，十分平静地笑着说：“亲爱的，别找了，我白天在书桌里都不能找到钱，现在天黑了，你更别想找到了。”

在西方世界，手杖很早以前就成为贵族绅士的饰品爱物，他们对手杖的偏爱和讲究到了走火入魔的地步，有些上流沙龙聚会，与其说是社交往来，不如说是炫耀攀比手杖。于是，在巴尔扎克的《人间喜剧》中，我们看到了出于虚荣攀比心态而倾家荡产甚至借高利贷买镶金嵌玉手杖的末路贵族，在柯南·道尔的《福尔摩斯探案集》中，我们读到了为争夺一根昂贵的手杖而铤而走险谋杀无辜的惨剧。这时的手杖已不是支撑人们行走的工具，而异化成了欲望和邪恶的魔杖。

其实生活中，巴尔扎克比任何人更喜欢华贵的手杖，因为那个手杖可以证明他已经是一个“贵族”。

在他出名之后，报刊杂志争相向他索稿，他为出版家所谄媚，被读者的赞美词所压倒。突然的成功对于一个艺术家来说永远是危险的，巴尔扎克陶醉了，眩晕了。他觉得自己在晦暗、贫穷中度过了太多时光，他急于要用自己现在的名誉，品尝一下贵族的生活。

他给自己弄了一个虚假的贵族头衔，从《驴皮记》开始，他的作品都是用奥诺雷·德·巴尔扎克这个名字来发表。一般说来，法国人姓氏中的“德”，往往是出身贵族的标记，它后面的姓大多来自古代国王或皇帝封赏的采邑，而奥诺雷·德·巴尔扎克，却是一个假贵族，他的这个“德”纯属子虚乌有、别出心裁。

他给自己买了马车，配了跟班，买了别墅和高档家具，穿着华美光鲜的衣服，在头发上涂上厚厚的油……可是，他毕竟是个假贵族，他的衣裤总是搭配得很花哨，很夸张，手指甲里总是满满的污垢，天热的时候，脂垢便从他涂油的头发上滴到花领子上，看上去是个十足的暴发户。

当然，每日在上流社会穿行，更少不了那根华贵手杖的陪伴。

巴尔扎克一生有许多幻想，娶一位有钱的贵夫人是其中之一。

从 1832 年 2 月收到韩斯迦夫人的第一封信起，一直到死，他对韩斯迦夫人始终怀着极高的热情。为了能与韩斯迦夫人结婚，他耗尽心血，直到生命的最后一年，韩斯迦夫人在丈夫去世、女儿出嫁之后，终于怀着怜悯之心同意与巴尔扎克结婚。巴尔扎克曾兴奋地说："您知道我既不曾有过幸福的青年时期，也不曾有过繁花盛开的春天，但是我将会有最灿烂的夏季、最温暖的秋天。"

如果从他虚荣的角度来看，韩斯迦夫人亦是他多年来一直梦想得到的一根手杖。

很多人习惯于伟大人物不染一尘的正面形象，殊不知，很多人都有着不为人知的或卑微或琐碎的另一面，就如同巴尔扎克的虚荣，然而这些，在他伟大的作品面前，显得如此微不足道。我们看到的是一轮太阳，而那些隐藏其后的污点，不过是太阳里面的黑子罢了。人们在享受阳光的普照时，谁会留意那些黑子呢？

"我能粉碎一切障碍！"是的，巴尔扎克做到了，但他的手杖却无法替他击退疾病和死亡。在与韩斯迦夫人结婚五个月之后，他与世长辞，离开他所诅咒的世界和他心爱的韩斯迦夫人。

不过，他的生命已足够厚了，厚到可以让我们品味无数个世纪。

⊙ 大师的减法

法顶禅师是韩国声名远播的自然主义思想家与实践家，他于1954年剃度出家，其后历任韩文《大藏经》译经委员、佛教报社总编辑、松广寺修炼院长等职。二十世纪七十年代后期，他辞掉这些职位，在松广寺后山亲自建造了一座佛日庵，过着离群索居的生活。

后来，随着慕名前来拜访的人日渐增多，法顶禅师在完成随想集《舍，离》后便独自前往江源道的一个山谷中，住在一间茅舍内，独自耕地，清贫度日，亲身体验着单纯、简朴的生活。

独居山中，生活难免不便。但他觉得这样的不方便很好，他说："就是因为我们的生活太便利了，因此每遇到断电、通信中断就会坐立不安、不知所措；但我住的地方根本没有这些东西，也不需要这些物品。我所生活的这片土地不需要缴交电费和水费，这反而激发出我潜在的生存能力。"

他在自己所著的文章里讲述了这样两件事。

一个是关于上厕所的问题。由于没有厕所，如果遇上下雨天，就得打着伞，到田里挖个小坑，像动物一样排泄之后，再把排泄物埋起来。遇到下大雨或是下雪时，没有厕所真的很不方便，所以他到小溪旁捡了些碎石块，用树皮搭盖了屋顶，建造了一间厕所。

因为一切均由自己动手，所以他花了一个月，才把厕所建好。虽然设施简陋，但至少这是自己徒手努力的成果，所以他对于这间厕所感到非常满意，并深觉能够依靠自己的力量去改变生活，真的非常有意义。

另一个是关于午睡的问题。在炎炎夏日，禅师为了不使自己有贪睡之念，给自己找了很多事情做。为了驱走睡意，他拿起一把刀子削竹。刀与竹均是锋利之物，稍不留神，就会伤己。炎炎夏日正好眠，禅师一人独居，就算喜爱午睡，也是极为自然的事情，没想到禅师竟然为了不打瞌睡，用锋利的刀去削竹子。

这两件事充分体现了禅师的简朴和自省能力，他把自己对生活的要求降到了最低点。

行走在山路的时候，总是会被泥石间跃出的不知名野花所吸引，红的、蓝的、黄的、白的，或者黄白相间，没有任何预约的形状，却比城市里修剪得工整的园艺更让人心生喜悦。这又仿佛像是人的心灵世界，常有各种的事务呈起、落下，山并不会因花朵而牵绊，城市的生活更像是修剪的花枝，少了一份从容天然，却多了一层刻意慌忙，纵然努力给花草提供再多的肥料，也无法了断日增的烦恼。

法顶禅师这样归结修行的概念，他说："修行是什么呢？修行就是消除业障，也就是人们常说的断绝烦恼、断绝欲望。"革命不是请客吃饭，修行也绝非打斋念佛，如何断欲得道，禅师只是这样补充："当我的心灵非常澄澈宁静时，就会产生一个重心，有了重心，就会有完整的心灵。"

夏天来临时，人会比较烦躁，骄阳烈日烘烤，公车地铁拥扰，还没开始工作，已觉得无趣。有一个凉茶的广告语叫人"消消火"，除了中医里道出的人体内的各种火种，心灵常植一片清林，俨然是当务之急了。

法顶禅师坚守清贫，并把清贫作为修行的至上法则，他说："把拥有的物品减到最少，让心灵得到升华，成为宇宙生命的一部分，这便是清贫。”清贫不是让自己困窘，不是机械地拒绝财富，而是保持生存必要的物质就好，就像花草拥有了土壤和水份，不会再有囤积养料的想法，这就是“成为宇宙一部分”。

除此之外，“拥有得越少，就会越珍惜，我们也会变得越富有，我不断强调，不能把这种生活态度看成是消极的人生观，这是睿智的人生选择”。

人们都习惯于做加法：得到名，得到利，得到财富，得到快乐，得到物质，得到职称……不停地去索取获得，最终这些东西除了让你获得一时快感外，带来的更多的是无尽的包袱。

其实，对于生活，更聪明的是做减法：减去不必要的东西，从而让自己从占有的包袱中解放、解脱出来，恢复以前活灵活现的生命。想想，我们最快乐的时候往往是拥有得最少的时候，从儿童开始，到学生，到青年，到结婚建立家庭，越到后面，我们得到的越多，我们的快乐也越少。统计学上有个“边界效应”，有的东西得到一定的程度之后，其实并不能带来多少快乐了，这时候我们需要做的是减法。从清贫生活，到孤独生活，都是减法。

法顶禅师告诉我们，保留着享受清贫所带来的简单幸福的能力，你也就保留了心中山花常开的季节。

当我们减去压在生命上的灰尘和石块时，我们的心灵才能更好地呼吸空气，接受阳光无微不至的照耀，生命之花才能最美丽地盛放。

⊙ 上帝阅读着尘世的每一个人

上帝阅读着尘世的每一个人，他把每一个人都当成了一本书，厚的、薄的、通俗的、经典的，或者无聊的。书是自己写的，对人生的理解、对家庭的理解、对爱的理解，都有着自己的思考。每个看上去普普通通的面孔后面，都会是一段段的传奇经历、一段段的曲折故事、一段段的心路历程。每个人都在用生命撰写着自己的那本书，无论高贵或卑贱、富有或贫穷、幸福或痛苦，就算只有自己一个读者，也值得每天抽出些时间来书写，总有一天你会发现这本书的价值。

网络作家南航在《每个人都是一本书》中写道："每个人都是一本书，父母是我们的出版社，生日是我们的出版时间，身份证是我们的书号。男人是汉书，老人是史书，军人是兵书，僧人是经书，多胞胎是丛书，离退休了是闲书，良朋诤友是参考书，那些以刺青、文身、彩绘为时髦的年轻男女是图书。如果你身高体胖，那是大开本；如果你小巧玲珑，那是袖珍本……每个人都是一本书，让坏人成为禁书，让好人成为畅销书，让我们用心血为墨写好自己，因为我们的印数都只一册，因此每个人都是绝无仅有的孤本珍籍！"

每个人都是一本书，有些人的故事跌宕起伏，充满传奇色彩，上帝不忍眨眼地读，爱不释手；有些人的故事平淡无奇，但他懂得用优美的句子来装饰，上帝倒也愿意瞧上两眼；有些人把自己的书记成了一本流水账，记成了一本枯燥的万年历，上帝翻着翻着，没了兴致，随手就将它们扔到了一边。

在这个世界上，有贵族也有平民，有宫殿也有贫民窟，有美人也有残障者。有些人不停地怪怨上帝不公，感叹自己生不逢时，命途多舛，龙游浅滩，虎落平阳，良马难觅伯乐……其实这些抱怨上帝充耳不闻，上帝只是个愿意看书的老头儿，他阅读着尘世的每一个人，你只有把自己的书写得精彩了，才能得到他老人家的眷顾。

⊙ 托尔斯泰的镜子

我们对着镜子，看到了自己；风对着镜子，看到了风；云对着镜子，看到了云；只有雨说："有时也有例外，我对着镜子，看到了雪。"

当我们面对情人时，就很高尚；当我们面对金钱时，有时是非常卑鄙的，所以，我们常常要照镜子，寻找自己的真实模样，于是我们发现，自己的影子至少有两个或两个以上，所以，我们活得很辛苦。

1857 年 7 月 7 日，在琉森一家头等阔人下榻的瑞士旅馆门前，有一个流浪乞食的歌手，曾唱歌弹琴达半个小时之久，约有一百位人士听他演唱，歌手曾三次求大家给他一点东西吃，却没有一个人伸出同情的手，甚至有许多人还嘲笑他，歌手只好走了。托尔斯泰为此而感到揪心地痛苦，他追上那个歌手，和他谈话，了解他的身世，跟他一起喝葡萄酒。就在托尔斯泰和不幸的流浪歌手喝酒谈话时，那些阔绅士、太太们并没有忘记对穷人表示轻蔑和嘲笑，这种轻蔑和嘲笑甚至移到托尔斯泰身上，因为托尔斯泰在和那么一个流浪歌手打交道，居然同情他，和他一起喝葡萄酒。托尔斯泰在那些人身上找到了一面镜子，他用它映照了自己，也从那些人中间拯救了自己。

"我常常不知不觉地陷入绝望，感到这个世界是不会给这样的一个丑陋的人以幸福的：鼻子这么宽，嘴唇这么厚，眼睛小小的，还是灰颜色。还有什么比一个人的外貌更能影响他的前程呢？”胸襟装一颗博大爱心的列夫·托尔斯泰曾经这样感叹。很明显，他是以别人的目光和社会习俗为镜子来观照自己而得出悲观的结论的。他后来把自己当作镜子，才消除了自卑的心理倾向。

托尔斯泰的书桌对面有一面很大的镜子，在创作的过程中，他常常会凝神注视镜子中的自己，看着看着，就会有泪水浸满双眼。他看到了自己悲怆的脸，看到了渐渐枯萎的年华，看到了铺满芳香的夜，看到了渐渐浮出水面的他的灵魂。

关于这面镜子，托尔斯泰说，那是为了映照良心。

镜子，看似透明，其实它比任何事物都更能守紧秘密。那些修过形整过容或者戴着面具生活的人只能骗自己，镜子洞悉一切，但它闭紧嘴巴，它会把赞美和嘲讽都装在心里。

为了专心写作，免受干扰，他将自己锁在房间里，并对佣人说：“从今天起我死了，就在这房间里。”

托尔斯泰的镜子始终在他的对面，渗出冷冷的光。

托尔斯泰对镜子的理解或许就是从少年时打碎一面镜子开始的，镜子碎了，不流一滴血，却生出更多的自己，每一块镜子的碎片里都有一双眼睛深深地注视着他，让他不敢把良心偷偷地贩卖一钱。

镜子，它的品质与生俱来，像玲珑剔透的骨头，看不见的高贵的骨髓在它身上流淌。

托尔斯泰，他紧紧盯住镜子中的自己，他从不迷失，他还善于在镜子中捕捉到美与丑，发现善与恶。镜子很忠实，不会说谎，目睹世间万物却偏偏守口如瓶。当然也有例外的时候，镜子嫉恶如仇，当恶毒的王后最后一次对着镜子歇斯底里地问道“谁是世界上最美的人”时，镜子发怒了："是白雪公主，永远是白雪公主。"它燃着了那个恶毒女人的头发，燃着了她的脚，让她在火焰里不停地挣扎。

一张面孔就是一个世界，它常常露出脸颊里埋没的消息，并迸出真相令你震惊并折服。一个人对着镜子说几句真实的话，便是给镜子装上了灵魂。

晚年的托尔斯泰，思想上发生了极大的变化。他憎恶社会上的纷扰，讨厌亲友间的应酬，对自己优裕的物质生活感到良心不安，他一再希望离开故乡，实现平民生活的理想。他到晚年时，开始干农民的活。人们经常能看到白发苍苍的托尔斯泰赶着牛犁田，或者砍柴、运水，干各种农活。他穿一件宽大的白衬衫，腰上系着皮带，下身是土布裤、树皮鞋，头上戴着草帽，完全像一个农民。他不再出席贵族们举办的社交晚会，甚至也不在自己家里接待那些高贵的客人了。

托尔斯泰把整个生命里的泥土筛遍，只为寻找一粒真理的金子。谁也不会想到，那个凄清的小火车站竟然成了他去见上帝的最后一个台阶，一棵高大的树成了他的玫瑰墓地。他拥有了一切，但他把这一切都抛掉了，甚至，他不让后人为他举行告别仪式，他的墓地"没有十字架，没有墓碑，没有墓志铭，连托尔斯泰这个名字也没有"……

托尔斯泰死的时候，依然在用生当镜子。

托尔斯泰的镜子里，始终是一张悲怆的脸、一段似水年华、一个对生命的深刻的探寻：灵魂的复活之路。

⊙ 一朵云，穿着体面的裤子

1915 年的一天，马雅可夫斯基靠在门框上，为他喜欢的美人艾丽莎朗诵了长诗《穿裤子的云》。诗人倾吐了自己对爱情的渴望与哀愁，只见他或狂喜或激怒，或憧憬或绝望，在场的人仿佛时而被抛入狂涛激荡的情感旋流中，时而又置身于阳光明媚的俄罗斯草原上。

谁也没有料到，最受感动的竟是艾丽莎的姐姐莉莉娅，她久久地凝视着前方，没有说话。她被震撼了，她觉得马雅可夫斯基说出了自己的心声，其他人的诗是那么苍白乏味，而马雅可夫斯基也在莉莉娅身上找到了真正的知音，就这样，两颗心紧紧地贴在一起，两个人热烈地相爱了。

与莉莉娅的爱情，甚至改变了马雅可夫斯基的生活方式。他面貌一新，不再像以往那样不修边幅、放荡不羁了，他变得就像一朵高贵的云，穿着体面的裤子。

1915 年 9 月的一天，两个亲密的人紧紧依偎在一起，合拍了第一张照片。这张照片马雅可夫斯基一直珍藏着，直到死。

马雅可夫斯基对莉莉娅的爱是深广的，甚至一天不见，他就感到孤独、寂寞、痛苦。这时他为寻求解脱，只有在诗中默默地倾诉。

一次，在思念这位情人时，他抑制不住自己的感情，挥笔写下了一首饱蘸心血、情意缠绵的诗《献给莉莉奇卡》：“我 / 没有大海 / 除了

你的爱 /……我没有太阳 / 除了你的爱。”

莉莉娅是位个性很强、很有才情和事业心的女子。马雅可夫斯基很有诗人气质，冲动之下，多有令人感到莫名其妙之举，常常使莉莉娅的自尊心受不了。

一次，两人正在大街上散步，马雅可夫斯基突然向她朗诵起爱情诗来，使莉莉娅万分尴尬；还有一次，马雅可夫斯基在讲演中，讲到了他和莉莉娅的私生活，令莉莉娅十分不快。相处日久，他们的性格冲突便显露出来，争吵与烦恼是无法避免的了。

“两个月后再见面吧。”莉莉娅说。

马雅可夫斯基再也说服不了她，只好点点头。

从那以后，两个人的关系渐渐以互尊互敬为主，但在心中，莉莉娅一直是他永远的爱人。

在马雅可夫斯基的感情生活中，不得不提到的，是美人塔吉雅娜。

1928 年 10 月，马雅可夫斯基在巴黎出席了一位画家在家里举行的聚会。

当他走进大厅时，几十双眼睛都转向了这位身材高大、剃着光头的诗人。寒暄间，马雅可夫斯基注意到作家爱伦堡身边有一位苗条的姑娘，她高高的身材，穿着漂亮，秀发下闪动着明亮的眼睛，袒露的手臂和微露的双腿柔嫩娇美，显得十分突出。马雅可夫斯基立刻意识到她就是侨民众口称赞的美人儿塔吉雅娜。以前，马雅可夫斯基曾通过朋友对她表达过爱慕和敬意，今天，两人终于见面了。

诗朗诵照例是马雅可夫斯基的节目。他也只有在朗诵的时候，才是众人心目中完美的人（他有一副洪亮的大嗓门。据说，他曾躲在酒瓮里练习过朗诵诗歌）。完后，他回到塔吉雅娜身边，他唯一关心的是她的反应。塔吉雅娜没有说话，只是用眼睛笑了笑，点点头。马雅可夫斯基明白了，心海翻滚出欣喜的浪花。

分手后，两人依依不舍。塔吉雅娜邀请马雅可夫斯基第二天到她家中。在那里，马雅可夫斯基鼓起勇气，说道："反正有一天，我要带走你，带走你一个人……"塔吉雅娜开怀地笑了，向马雅可夫斯基扑了过去。那晚，他们两个人一起待到很晚很晚，尽情享受着对方的抚爱。

塔吉雅娜很希望马雅可夫斯基留在巴黎，以便能天天见面，但马雅可夫斯基说他离不开苦难中的祖国；另外，他有一部剧本本想回国后完成并上演。

他们约定第二年夏季见面。临行前，马雅可夫斯基给花店留了一笔现款，直到他下次回来。每次接到鲜花，塔吉雅娜都如见其人，深深地陶醉。

在这一年里，马雅可夫斯基想结婚了，他想有个家，他已厌倦了爱的漂泊，他向塔吉雅娜求婚。在与塔吉雅娜的通信中，他已超越了恋爱阶段，进入到婚姻的商定和准备中。

第二年的夏季，马雅可夫斯基把住所收拾得干干净净，他只有一个念头——去巴黎和塔吉雅娜就婚事做最后的商定。

可是签证一直没有消息。一周、两周，他多方询问，仍没有结果。一再催问，终于有了答复——当局不批准他出国。

这个打击对马雅可夫斯基太沉重了，它破坏了他的生活计划和组建家庭的愿望。他怔住了，这怎么可能？为什么？可一切询问都无回音。

在感情的迷乱中，马雅可夫斯基把自己对异性的爱转移到新结识的女演员维罗尼卡身上。

这是他一生中最后一次爱，也是他想组建家庭的最后一次失败。

维罗尼卡二十一岁，健美如运动员，白净的皮肤衬托着金黄的头发，红嫩的脸颊上长着一对迷人的酒窝。她刚踏入社会，还保持着少女般纯真的心。和莉莉娅一样，她也是位有夫之妇。

终于有一天，马雅可夫斯基向维罗尼卡明确提出：要她离开剧院，要她同丈夫离婚，同他结婚。维罗尼卡不忍心就这样同丈夫分手，也不忍心离开自己的事业，她的答复是含糊的。她告诉马雅可夫斯基，她同意与他结婚，但现在却不能。马雅可夫斯基深感苦恼。渐渐地，两人话不投机，常常陷入争吵。

这是马雅可夫斯基生命的最后阶段。他的身体很坏，常常生病，他的心情也很糟，一次次的失恋打击着他，而当时文坛上的官僚们也排挤和歧视他。他只有从爱情中获得拯救，像抓住一根救命稻草，可真正的爱情又那么不易获得，他感到绝望了。

他想到了死，自杀的念头似乎一直纠缠着他。他同莉莉娅相恋时就两次想自杀，他在诗中也多次写到了自杀这个主题。

1930年4月14日早晨，是马雅可夫斯基生命旅程的最后时刻。

马雅可夫斯基把维罗尼卡叫到自己的房间，同她彻底摊牌。马雅可夫斯基让她马上离开剧院，马上同丈夫离婚。

维罗尼卡苦苦哀求着：“我爱您，将来我一定和您生活在一起。……但我尊敬我的丈夫，我不能不辞而别。我也决不能离开剧院，永远离不开。”

马雅可夫斯基火了：“哦，是这样啊！好吧，你走开，走开，马上走……”

“晚上能见到您吗？”维罗尼卡亲切地问。

“不知道！”马雅可夫斯基显然已下了最后的决心，怒气冲冲地说。

“您不准备送送我吗？”维罗尼卡胆怯地问。

马雅可夫斯基走到她面前，忽然变得温柔起来，吻她，然后平静、深情地说：“不，小姑娘，你自己走吧……不必替我担心……”

维罗尼卡刚走出房间，便听到屋内一声枪响。

当她惊慌地返回时，发现马雅可夫斯基已躺在地毯上，两只胳膊张着，左手握着勃朗宁手枪，胸口有一片血迹，身上飘浮着淡淡的蓝烟。

维罗尼卡扑了过去，声嘶力竭地喊：“你干吗这样啊？干吗这样啊？”

马雅可夫斯基像是在望着维罗尼卡，像是要说什么……转眼间，他那双炯炯的眼睛失去了光泽。

时针指向 10 时 15 分。

诗歌中的钢铁侠，也终有倒下的时候，马雅可夫斯基走了，带着他的爱和爱的伤痕。

第二辑
明天，我会在哪只鞋子里

那些虚构的美，足以耗尽我一生的月光。

⊙ 半点荧光

因为一场大风吹断电线，很久不曾停过电的城市经历了一次短暂的黑暗。我在黑暗中摸索着，找到了一只打火机，点着了不久前为孩子买的生日蛋糕上剩下的几支小蜡烛，那荧荧的火光像萤火虫一样气若游丝，却令我不再那么慌乱。忽然就想起祖母来。

祖母的一生就像一根火柴，不断地为我们储藏着热情和温暖。火柴，小小的木头，把最炽烈的光，藏在最不为人知的暗处。初嫁时，头戴红纱，身材短小，为挥锄的男人烧水煮饭，为灯下的孩子穿针引线；老的时候，光焰散尽，头顶的红纱早已变成灰色的头巾，她再也燃不起火来。

小时候经常停电，停了电祖母就会点燃一盏煤油灯。灯芯长了的时候，屋子就会亮一些，我们在墙上的影子也更清晰一些，我们喜欢这个时候，也更乐于让手掌变幻出老鹰和小兔子的模样，去墙上飞翔或者奔跑。可是祖母往往会在这个时候拿起剪刀，把放纵得有些得意忘形的灯芯拦腰剪掉一半，剩下微弱的一半光亮，苟延残喘。我们的老鹰和小兔子也不再飞翔和奔跑了，我们钻进冷冷的被窝，眨着黑亮亮的眼睛，看着祖母在那半点荧光下，纳着似乎永远也纳不完的鞋底。我们想，那样的鞋子肯定命硬，穿着那样的鞋子，就算再黑的夜、再难的路，也总能爬回家的吧。

祖母的半点荧光，长在故乡的中心，是故乡的灯芯。不管我们走多远，都不会忘了回家的路。

看过这样一个故事：抗日战争时期，日本兵逮捕了我党的一名地下工作者。他在被俘后，受尽了日本兵的严刑拷打。但是日本兵为了套出他口中的机密，却又不让他死，把他的两条腿绑住、两只手绑住，甚至把他的两个大拇指绑住，防止他自杀。他每天就在酷刑和审问中度过，但是看守他的日本兵发现，他竟然每天早晨都坚持做操，由于腿伤他不能站起来，就那样躺在床板上，嘴里喊着号令，扭动着腰肢，活动着胳膊。在被日本兵关押的一年当中，天天如此，等到日本投降的时候，他竟然还奇迹般地活着。

残忍的酷刑差一点就掐灭他的生命之火，但他依靠心中的信念，顽强地留住了生命的半点荧光。荧光虽半点，却可以暖一副躯壳于冰窖，救一颗心魂于地狱。

犹太人的经典《塔木德》里有一句话："人的眼睛是由黑、白两部分组成的，可是神为什么要让人只能通过黑的部分去看东西呢？因为人生必须透过黑暗，才能看到光明。"

是啊，黑暗并不可怕，只要心中亮着哪怕半点荧光。

读阎连科的小说《年月日》的时候，脑海中也闪闪烁烁地浮现着半点荧光。

先爷是整个村落留下来的唯一的一个人，他活着的唯一目的，就是守护一株玉米苗，那是他的半点荧光、他的全部的希望。无粮，他把老鼠洞里的存粮刨出来；无水，他把井里的水用褥子浸湿拧出来。直到老鼠洞里再刨不出一粒米，仅有的水井也被死老鼠填满。先爷到处捉老鼠当吃食，到四十里外去寻水，与狼群展开一夜的对峙并最终令狼群退去。

当他发现玉米苗亟需肥料的滋养时，他毅然决然地以自己的身躯为它充当肥料。最终，他的尸体与玉米的根须紧紧地相拥而眠，玉米的根须穿透了他的皮肉和骨髓，吸吮了他的养料而存活下来，并最终结成了玉米棒子，上面有七颗成熟的玉米籽。

那七颗宝贵的玉米种子，也便成了村人们的半点荧光，给了他们得以继续活下去的希望。先爷通过那七颗种子，传递给村人们一个信念："能活着就好！"

能活着就好。活着就会上演奇迹。

只要还有一片鹰的羽毛，便不该对飞翔感到为难；

只要还能见到一滴露水，便不该抛弃对叶子的爱恋；

只要还有一根火柴，便不该失去对光明的渴念；

只要还有半点萤火，便不该有半点厌世弃世之心！

⊙ 把良心的袋子装满

父亲常说，只要人帮人，世界上就没有穷人。

父亲不舍得花钱，是村里有名的“抠王”，可是对那些需要帮助的人，他从不含糊，哪怕他自己不吃不喝，也要尽量去帮助。记得有一次，他把自己的路费给了一个被小偷洗劫一空的老人，自己步行四十里路回家。不知情的乡邻以为父亲又是为了节约路费，“抠王”的名号在村里愈发叫得响亮了。

父亲没想到，有一天自己也成了小偷光顾的对象。那一次正是春播时节，父亲和几个乡邻去城里买种子，买完种子后，父亲的兜里还剩下一百多块钱，他没花，连午饭都没舍得吃，就和几个乡邻急匆匆地坐上了回乡下的客车。大概是买票的时候，被人瞄上了他兜里的那张一百元的票子，再翻口袋的时候，那张一百元的票子就不翼而飞了。在那个年代，一百块钱不是个小数目，可以买很多东西呢，父亲急得满头大汗，在翻遍所有的口袋，确定钱丢了之后，父亲感到眼前一黑，差点晕倒过去。车上人很多，父亲看着满车厢的人，感觉每一个都像是偷钱的人。

父亲正在心里痛骂自己粗心大意的时候，听到了车下一个女人声嘶力竭的尖叫：“我的种子丢了，你们谁看到我的种子了，那可是我家里一年的种子啊……”

那个丢了种子的女人在那里不停地抽泣，她说她把种子放在站点，自己去解了个手，就这一小会儿工夫，种子咋就就没影了呢；她说她家死了男人，里里外外全靠她一个人支撑着，她命苦啊。她呼天抢地，车里人都纷纷对这个丢了种子的人表示同情，纷纷谴责那个偷种子的缺德的人，他断了穷人家的活路。

“不管咋的，先上车再说吧。”父亲劝她，忘了自己也是个遭遇了盗贼的人。

父亲问同来的乡邻要了个空袋子，放到那个女人手里，他解开自己的袋子，一捧一捧地往那个素昧平生的人的空袋子里装种子，一边捧一边说：“你少种点，我也少种点，日子总能挺过来的。”与父亲同来的乡邻，看到父亲的所作所为，也都纷纷打开袋子，往那个人的空袋子里捧种子，不一会儿，那个空袋子就鼓了起来，仿佛吃饱饭的人，振作了精神。那女人不知道说什么好，一个劲地要给父亲和乡邻磕头。父亲说：“谁还没有个难处，都帮一把，就挺过去了。”

满车厢的人都亲眼目睹着父亲的小小善举，他们不知道父亲的心灵刚刚经历的创痛。父亲也自始至终没有向人说出自己的钱被偷了。

下车的时候，人很挤，他感觉被人紧紧地贴了一下身子。父亲再一次翻口袋的时候，发现那张百元票子又回到了他的口袋里。就是他自己的那张，他认得，皱皱巴巴的，那上面还有他的体温呢。

望着从车上下来的一个个人，父亲看谁都不再像是小偷。

这个世界上，每一颗良心都是一粒善良的种子。或许你没有财富，无法做慈善，但你可以去做一粒善良的种子，把爱孕育，让爱开花，这些种子会让世界阳光明媚、花团锦簇。

⊙ 病入膏肓的灵魂，请对号入座

一提到假币制造者，我的一位同事就会怒发冲冠，不停地叫骂，并不厌其烦地逢人便讲他花了七次才花出去的一张面值十块的假币的经过，到了关键处，他还故意吊我们的胃口："现在的人都精，可那天卖樱桃的老婆子就没看出来，你们猜为什么？"我们不愿为这种给弱智儿童猜的问题多加思索，可是他的结果真的是很出乎我们的意料，他得意地说："因为那老婆子是个瞎子。"

听到过这样一个真实的故事：

一个贫困山区的村庄，连年遭遇自然灾害，庄稼颗粒无收，这使得本来就贫穷的山村雪上加霜，于是向乡里递交救济款申请。乡里申报县里，然后县里决定到该山村实地考察，核实情况。干部们的轿车在通往该山村的山路上熄火了，汽车出了故障，一时无法修理，于是干部打电话让汽车修理工赶到现场修理。干部们发现不远处有一间矮屋，于是一行人来到屋前，只看见一对孤寡老人。干部们告诉老人，说是来核实灾害情况的，汽车坏了，一时走不了，天色将晚，让老人做点吃的。老人听说后，诚惶诚恐，想来自己家也没什么好东西招待贵客，正犹豫间，干部们说，随便做什么吃的，你们自己吃什么就做什么。两个老人忙活开了，老头子还是怕怠慢了不好，于是忍痛杀了两只爱犬中的一只，并拿出几天前爱犬抓来的一只野兔的肉，因为舍不得一下子吃完，用盐巴腌着，还有几条从山坑里捉来的晒干了的鱼。老婆子则拿出了在野外挖来的几种野菜。因为谷物无收，没有大米做饭，于是做了玉米窝头，并煮了红薯。菜上桌了，老头子从床底拿出了自酿的陈年米酒，这是前几年酿的，近两年连饭都没得吃，更别说酿酒了。干部们的眼睛一亮，大家都打量了老人几眼，老人还以为他们是嫌怠慢，不敢声张。干部们吃完宴席，装着要掏钱付账，老人赶紧拒绝，只是让他们多操心救济粮的事。干部们只说明白了，然后修好车走人了，也没前往山村。几天后传来消息，山村的救济款泡汤了，说是孤寡老人的那桌酒席在城里酒店起码要上千元，他们轻易就准备那么丰盛的宴席，更何况其他的村民，分明是谎报灾荒。村民们不清楚老人的宴席，于是纷纷指责老人，说他俩自家有财也不该阻止了上面的拨款。老头子本就身体有恙，遇上灾荒更别说出钱医治了，遭此责难，急火攻心，告别了人世。他至死也不明白，自己到底怎么得罪了那些干部。

看过一则短新闻，说两名男子为了不给孕妇让座，竟然在公交车上掏出身份证比年龄，谁岁数小谁给让座。最后，四十三岁的李先生因为比对方小三岁，成了“失败者”。

同事的父亲去世了，众人皆哀的时候，我们却照常搓起了麻将，照样把脸喝得像猴子屁股。我们竟然在哀乐中跳起了舞蹈！再没有更好的悼念形式了，死亡已不足以让人流泪，一颗心就这样渐渐冷了、硬了，最后，冷成了冰块，硬成了石头。

病入膏肓的灵魂拒绝就医，不信医生信神灵，一边祈祷着自己长寿，一边揣揣不安地计较着、等待着，非要备一具上等棺木不可。

难道，这些就是让眼泪搁浅的世道吗？

最近的梦里，总是莫名其妙地听到列车员在广播里喊着，本次列车的终点站——炼狱。那疾驰的列车载着那些病入膏肓的灵魂，奔向炼狱之门，那里是医治灵魂的最好的诊所。

别挤，病入膏肓的灵魂，请你们对号入座。

⊙ 一个夜晚的赌注

很久没有人这样信任他了，把他当作一个真正的人来看待。那一晚，他辗转反侧，难以入睡。

五年前，他因为抢劫未遂锒铛入狱，现在刑满释放，从监狱里出来已经好几个月了，还是没有找到工作。有一天，在一个建筑工地上，他无意间看到了他的中学同学蚊子，上学的时候大家都这样叫。蚊子是工地上的一个小包工头，还算有些权力，就安排他当了一个力工，吃住都在工地上。“先干着吧，等以后有了好去处再说。”蚊子说。他和蚊子其实不算怎么熟络，上学的时候都没怎么说过话，蚊子在同学聚会的时候，还听说过他犯了事，但蚊子没说别的，就让他留下了。不管怎么样，总算暂时有了一个落脚的地方，他心里很感激蚊子，想有一天开了工钱一定请蚊子去饭馆里好好吃一顿。

那天，蚊子拿了五千块钱回来，说是管老板要了半年才要回来的。天太晚，已经没有客车了，蚊子说不回去了，要在他的棚子里将就一宿。蚊子还弄了花生米、香肠和几瓶啤酒，两个人聊起上学时候的事情。蚊子有些不胜酒力，喝了两瓶就有些摇摇晃晃了。他的心里就有了坏念头，那些藏在心底的“恶”又蠢蠢欲动起来。在监狱里改造了五年，他以为那些“恶”已经被连根拔除了，没想到它们还在，偷偷地生长着，使他的灵魂跟着扭曲变形。

他不时地盯着蚊子的包，他现在太需要钱了，他想如果现在下手，蚊子没有防备，会很容易得手的。他又给蚊子起了一瓶酒，他想让他醉得彻底些，那样他的成功率会更高。蚊子又喝了一大口，然后就嚷嚷着要睡觉。让他没有想到的是，蚊子睡觉前竟然把自己的包塞到了他的怀里，对他说："我喝多了，你替我拿着吧，我对我自己不放心。"然后脸冲里，就呼呼睡着了。

天赐良机！他这样想道。握着那装着五千块钱的鼓鼓囊囊的包，他的内心慌乱不已，犹如惊涛拍岸。那五千块钱对他来说，诱惑是巨大的，况且天已经黑了，他转眼之间就可以逃之夭夭。

他试着起身开门，蚊子没有反应，依然鼾声如雷，睡得香甜。

他很快融入到了夜色里，却忽然停住了脚步，心底的"恶"有些退缩了。他想到，这几个月里，他受尽人们的白眼，没有一个人信任他，所有的人都因为他是一个劳改犯而拒绝他、排斥他，只有蚊子帮了他一把，而且如此信任他，对他毫无防范之心，如果自己真的拿走了这五千块钱，就是给唯一信任自己的人当头泼了一身冷水，多让人寒心。做人不能这样，他这样想着，就折回身，重新回到棚子里，又躺倒在蚊子的身边。蚊子的鼾声依旧排山倒海，气势非凡。

不过，这真是一个千载难逢的好机会。躺在那里，他的"恶"并不死心，依然怂恿着他。那一夜，他被这五千块钱折磨得疲惫不堪，感觉心底像压了一块大石头一样。

他终究没有拿走那五千块钱，早上他把包递给蚊子的时候，感觉到心底莫大的轻松。因为一夜没有合眼，他的眼睛红红的，蚊子问他怎么了，他撒谎说怕钱丢了，一夜没合眼地看着它。蚊子忙说对不起对不起啊，害你遭罪了。

时光一晃而过。十年之后，他白手起家，从一无所有的劳改犯到身价过亿的富商，他的经历可谓传奇。作为很有名望的民营企业家，他的事迹常常是当地报纸的头条、人们茶余饭后不厌的谈资。他的商品从不掺假，他被人称道的品质就是诚信。与人谈起自己成功的经历时，他总是毫不避讳自己曾经阴暗的心路历程，包括那个让他辗转反侧的夜晚。他说，那个夜晚，真正改变了他的命运。从那个夜晚之后，他就决定了要靠自己的能力奋斗下去，因为一个人的信任让他觉得自己还是一个有用的人，他不能辜负一个人的信任，他感激那个人，他会一辈子记住他的名字：朱德文。

“朱德文！”我捧着报纸对父亲喊道，“难道他要感谢的是你吗？”父亲微笑着对我点点头。“您可从来没有和我们提过这件事情啊。快说说，当时到底是怎么回事？”我忽然对父亲无比好奇起来。父亲说：“我根本没有他说的那么好，你知道我当时的真正想法吗？其实我并不信任他，毕竟他曾经是个抢过劫坐过牢的人，我只是在下一次冒险的赌注。因为在喝酒的时候我看到了他的眼神，那眼神中有一种贪婪，我就知道他在打这些钱的主意，我的钱和生命都处于危险之中。我就决定赌一次，我把钱给他，如果他拿走了，我也认了，毕竟自己还留了一条命；如果他不拿走，那就万事大吉。那一夜，我故意装作睡得很死，其实他的每一个细微的动作我都知道。”

“事实证明，我赢了。”父亲说，继而纠正道，“不，应该说那一晚没有输家，我们两个都赢了。”

是的，那一晚的赌注两个人都赢了，一个人赢回了钱和生命，一个人赢回了那些剩余的精彩的时光。

⊙ 不妨吹吹小冷风

不论是电视剧还是畅销书，都铺天盖地渲染着爱的轰轰烈烈，看惯了爱的炽热，一旦有一股小冷风穿过，还真是别有一番滋味。

在一个专营“过桥米线”的小店里，我看到一个男人和一个女人。从样貌上看，男人明显比女人年轻，凭感觉，这好像是一对暧昧的网友。

我看到那男人有些拘谨，坐在那里时不时地望向别的地方，有些心不在焉。那女人问他，要不要喝点啤酒，男人点了点头。

女人从钱包里掏了零钱要了瓶啤酒，男人始终没有露出笑脸，大概是嫌女人找了这个过于便宜的地方吃饭吧。但看样子那女人也不是很富有，穿着打扮上也很是普通，大概和他想象中的人大相径庭吧，所以提不起他的兴致来。

两个人闷头吃着，女人时不时地拿餐巾纸去擦那男人的嘴巴，照顾得很周到。男人似乎并不领情，一句谢谢也听不见，好像这一切都是他该领受的。

“吃完饭我们去哪里呢？”女人依旧殷勤地问着。

“随便吧。”男人有些不屑地说，“就你们这小地方，能有什么好玩的去处？”

听到这样的话，再蠢的女人都该能听出话中的含义了吧。这一次见面，大概把之前所有的美好都统统打碎了。

看在眼里，颇为那个女人感到不值。她该是被自己一厢情愿的热情烫伤了吧，皮肤和内心定是针扎似的疼！

而生活中是不是也经常有这样过分的热情？就像一朵过于绚烂、过于搔首弄姿的花，猝然间遇到一股冷风，而瞬间凋枯。

一个女人爱上了自己的老板，老板也似乎真挚地爱上了她。因为当女人没有特殊的容貌和背景时，感情就会变得相对纯净，就像你会怀疑百元钞票的真伪，但不必怀疑几毛钱的纸票。他们爱得迷乱，爱得纠缠，可是时间还是会介入人类感情的鉴别之中。有一天，老板对女人说："也许我们这样就已经是最好，否则我们双方生活在一起，还会被现实的琐碎和双方家庭遗留下来的问题弄得心力交瘁。"

女人明白，这一句话是在为他们的爱设置了底线，限定了高度。女人这时已经在男人的帮助下有了自己的生意。他们没有明确什么，只是一些东西自然地淡了下来，心，不知什么时候起就已经准备好了对结局的承担。奇怪的是，她并不觉得悲凉，反而在这股小冷风里得到了些许解脱和自在。

一年有四季，如果日日酷暑，断是谁也吃不消的。这小冷风就像你温柔乡里的一个冷战、靡靡之音中的一记惊堂木。爱中有冷热，世态亦炎凉，不妨吹吹小冷风，使你的心，得以清醒，懂得辨别。

⊙ 不是所有的眼泪都是珍珠

一个男人和一个女人通过网络相识，他们年龄相仿，兴趣爱好也都差不多，所以很是谈得来，见面之后，更有相见恨晚的感觉，各自在心底生出了爱慕之心。她从不要他的礼物，这也是她和别的女人所不一样的地方。她遇到难处了，向他求救，她流泪了，那些泪珠在阳光下闪着动人的光亮，像一串串珍珠，只要一滴，就可以将他融化。他毫不犹豫地拿出一大笔积蓄给她，让她快些把事情办完，他在这里等她。可是她一去不返，从此杳无音信。后来他在电视新闻里看到了她，她用同样的伎俩骗了很多人。他始终想不明白，那些像珍珠一样的泪水，怎么会是假的呢？

一个老人在他的垂暮之年意外地得到了一个中年女人的垂青。你看，这个时代就是喜欢上演这种不着边际的浪漫故事。但老人一直戒备着，因自己身上负着巨额的财富。老人弥留之际，她守在他的病床边上，以泪洗面。他终于被感动，找来律师，当着她的面，写好遗嘱，把三分之二的财产都给她。她扑到他的身上，哭得更厉害了，这一次是因为目的达到了，喜极而泣。她顺利得到了这笔巨款，靠的就是那些眼泪。

美国著名女影星凯特·内利根回忆早期的学艺生涯时说：“我首次演出的剧目是《令人心碎的屋子》，演完后，年迈的导演约翰·吉尔古登来到了我的化妆室说：‘你演得好极了。但是我可以给你一个忠告吗？不要哭得太伤心。如果你哭得死去活来，观众就不会哭了。’因此，第二天我压根儿就没有哭，但是观众却哭得伤心极了。”

事实证明，大声的无遮拦的哭和低声的欲盖弥彰的隐忍，后者更能让人动容。

一个女人抱着一个孩子在大街上乞讨，女人低着头，喃喃地向路过的人诉说着自己的不幸遭遇，说到动情处，不禁流下了眼泪。可是她怀里的孩子，却不跟她配合，撒着欢儿地笑着。就在那一刻，我清清楚楚地看到，那个女人在孩子的屁股上狠狠掐了一把，孩子“哇”的一声大哭了起来，满世界都跟着震颤。

在我看来，她的膝盖前面讨到了多少钱，已无关紧要，重要的是，那孩子，为此淌下了多少无辜的眼泪。

不是所有的眼泪都是珍珠，哪怕，那小小的睫毛下面隐藏的洞天，是天堂的一个小小角落。

⊙ 母亲的病友名单

母亲在肿瘤医院住院期间，认识了一些老姐妹。这些癌症患者经常在一起讨论各自的病情，时间久了，慢慢建立起一种相依为命的情感。临回家的那天，母亲与那些病友们相互留下了各自的电话号码。

母亲眼神不好，回来后让我把那些电话号码工工整整地挨个儿抄下来。长长的一排，算上母亲自己，一共十二个危在旦夕的生命。

从此之后，家里的电话忙得不可开交，几乎每天都有母亲的病友打来的电话，她们互相询问着病情，嘘寒问暖，相互鼓励，俨然成了天底下最知心的莫逆之交。

我真担心，如果有一天，那电话不再响起，母亲该会有多难过。

母亲每天都会守着电话，害怕错过每一个病友的问候。我对母亲说："电话上面都是有来电显示的，如果谁的电话没有接到，我们给拨回去不就行了吗？"

母亲说："不一样的。如果我当时没有接，她们会担心我先走了，会难过的。"

我们决定给母亲买个手机，这样母亲就可以随时随地接听病友的电话了。我把那十一个人挨个儿存进了母亲手机的通讯录里，仿佛存进去一笔巨额财产。

那是一群在死亡线上挣扎着的人，她们共同筑起了一道生命的墙。

这让我想起了《辛德勒名单》。不仅仅是母亲，这十二个人里的每一个人都有这样一本通讯录，这是她们要从死神手里抢回来的生命名单，每个人都是另一个人要拯救的对象。

起初，母亲是悲观的，在治疗上也不大配合我们，总认为自己迟早会死，往自己身上搭钱是浪费。我们用尽了各种办法使她振作，领她去听二人转，鼓动她参加秧歌队，可是都无济于事。后来，我们发现母亲只要和那些病友通过电话之后，就会变得开朗许多、心情舒畅。

所以，我们为母亲的手机多备了几块电池，保证母亲的手机一天二十四小时开着。一部小小的手机，分分秒秒传递着生命的讯息。

杨姨是十二个人中最乐观的一个，其实也是病情最为严重的一个，她的癌细胞已经扩散到了全身。但每次母亲在情绪低落的时候打电话过去，杨姨都会兴高采烈地给母亲讲一些她的“奋斗”经历。每次通过电话后，母亲都会开心好一阵子，因为生命又有了新的希望。

又一个阴雨天，母亲疼得厉害，心情变得很坏。我们赶紧替她拨通了杨姨的手机，杨姨爽朗的声音很快传了过来：“喂，你好啊。我知道你是我的老姐妹，告诉你一个好消息，昨天去医院复查，医生说我的癌细胞控制住了，活个十年八年的不成问题。我现在忙着打太极呢，不和你说了，改天再聊吧！”杨姨的话像连珠炮一样，没等母亲问什么，那边就挂断了。母亲虽然没说上什么话，但知道自己的病友又多了一次战斗胜利的捷报，心里顿时敞亮了很多，感觉身体也不那么疼了。

直到有一天，母亲打电话给杨姨，这次换成一个年轻人接。他说：“我妈妈已经去世半年了，她在临终前几天让我们替她在手机里录制了几段录音，告诉我们不让关机，免得你们打不进来电话。”说到这儿，年轻人有些哽咽，“阿姨，我不能再瞒着您了，这半年来，你们听到的，都是我妈妈的电话录音……”

挂了电话，母亲的手开始抖了起来。母亲拿过那本通讯录，用笔轻轻地把杨姨的名字圈了起来，那一堵生命的墙，忽然就裂开了一个缺口。我听到母亲喃喃地说着：“他杨姨啊，你先走了，等些日子，我去陪你。”

我们的心跟着凉了，母亲一直依赖着的希望没有了，她的心会不会就此沉进谷底呢？

结果完全相反，母亲的做法让我们所有人都感到惊讶。一辈子没跳过舞的母亲，让我们替她报名，她要参加秧歌队！

穿着大红大绿的母亲，样子很滑稽，扭起的秧歌也很生硬，但不管在晨曦里，还是夕阳下，我看到的母亲都是最美丽的。我知道，母亲不仅仅是为她自己活着，她在为她的亲人们活着，也为那些“辛德勒名单”上的病友们活着，就像杨姨一样，让她们多活哪怕一天，都是一次成功的拯救。

病情又一次严重的时候，母亲虚弱得很，额头上沁着大颗大颗的汗珠。这个时候，母亲的手机响了，我们知道，肯定又是病友打来的。母亲颤巍巍地接过手机，看了看那个电话号码，马上示意我们静下来，然后清了清嗓子，用比平常高了八度的声音对着电话欢快地喊道：“喂，老姐姐，你好吗？我啊，我好着呢，刚刚扭完秧歌，你看把我累的，气喘吁吁啦，哈哈……”

我们含着眼泪听着母亲在病床上撒谎。我们知道，杨姨走了之后，母亲终于成了那堵生命的墙上，那一块最坚强的砖。

⊙ 当你踩到了紫罗兰的心

在那个城市里，他是一个威风八面的人，不管黑道还是白道，人人都敬重他，没有人敢对他有半点不敬。

生意场上，他飞扬跋扈，独断专行，但在生活中，他却是个很绅士的人。每天开车回来，在小区的停车点上，他不管多忙，都会耐心地把车子多倒几下，直到不能再靠里了。停车点很狭窄，他来来回回要多费上几分钟。“经常看到别人的车子没地方停，所以我不能占着两个车位。”他说他这样做，就是为了要给别人留个停车的位置。

还有一次，他的所作所为更是让我们心生敬意。

那天，他慢慢地开着车子，看到路边有一对年轻的恋人在闹别扭，男孩低声下气地向女孩道歉，女孩却始终不肯给男孩好脸色看，男孩就那么一直耐心地赔着笑脸。他路过他们身边的时候，好奇心驱使他本能地放慢了车速。没想到那男孩忽然变了一副样子，大声地向他吼道：“看什么看？快点走开！”他先是一愣，很久没有人敢这样没礼貌地和他说话了，但他没有生气，也没有把车子开走，继续在他们的边上慢慢行进。那男孩生气了，挥起拳头猛砸了一下被他娇生惯养着的爱车的腮帮，车子惨叫一声，停住了。男孩继续不依不饶，对他吼道：“再不走开，我可不客气了。”一副十足的古惑仔模样。让人意想不到的是，他竟然向那个男孩谦卑地笑了一下，唯唯诺诺地说着一些道歉的话，然后慢慢地把车子开走了。在倒车镜里，他看到那个男孩很神气地对那个女孩比划着什么，而那个女孩似乎也不再和他生气，两个人手挽着手离开。他对我们解释说，他之所以这样做，是因为他觉得，降低一下自己，便可以成全别人。他只想给那个男孩一个表现自己的机会，让他在女孩的心中变得高大勇敢。

我们和他开玩笑说，在生意场上你那么霸道，到了生活里，怎么就成了“软蛋”了呢？他便给我们讲了他年轻时候的一件事。那时候的他，血气方刚，什么事情都喜欢用武力解决。有一次，一个社会上的小混混得罪了他，他找到了那个小混混的家，狠狠地教训了他。小混混的老父亲赶回来，死死地护着，不许他再动他的儿子一根汗毛。派出所的人来调节，问老人家有什么赔偿请求。他的心里七上八下，心想他肯定会“狮子大开口”，漫天要价了。没想到的是，老人非但没提任何要求，还真诚地对他说：“谢谢你替我教训了我这不争气的儿子，让他知道，这就是当一个不务正业、游手好闲的小混混的下场。”他愣怔在那里，羞愧难当。多少人打他都没让他低过头，但那天，他恨不得把头低到地上。

纪伯伦说，一个伟大的人有两颗心：一颗心流血，一颗心宽容。人与人的纠葛、物与物的碰撞、突如其来的意外变故，这一切都使社会显得那么狭小，生活变得那么拥挤，每个人都会在着急赶路的时候不可避免地制造一些伤害，不是碰伤自己就是割伤别人，这个时候，就需要我们宽容生活，宽容会让我们的心开出无比美丽的花朵。

当你踩到了紫罗兰的心，它却把芳香留在你的脚上，这是紫罗兰的宽容。宽容生活，实质是为了更好地生活。我们以善意的客观的态度理解着生活的一切内涵，我们也就发现了生活为我们展示的所有的良好机遇。给心一份轻松，自由去做我们该做的一切；给生活一个广阔的空间，使生活在我们的创造下变得更加美好。

所以，若要活出人生的精彩，品悟人生的美好，请时刻以善良为圆心，以宽容为半径，它们会为你画出一个圆满的人生。

⊙ 画在手腕上的表

小时候画在手上的表没有动，却带走了我们最好的时光。

——题记

小时候，由于个头过于矮小，那份自卑让我的性格变得孤僻内向，一个朋友都没有。父母担心我长此以往，会得忧郁症，所以变着法儿想让我走出家门，去和邻居家的孩子们玩耍。

有一天，父亲故意把我带到门外，然后偷偷地把家门锁上，借故有事先离开了，让我自己先玩一会儿。那些孩子们过来招呼我和他们一起玩儿，我却觉得他们浑身脏兮兮的，没搭理他们。他们把我当成了怪物，对着我指指点点，说一些难听的话。

我气急了，捡起地上的石块儿向他们扔将过去，砸到了其中一个小孩的头上，他鲜血直流。

受伤孩子的家长找上门来，与父亲理论。父亲自知理亏，小心地赔着不是，说着软话，并赔偿了不少医药费。

我懦懦地蹲在墙角，等着父亲的责骂。可是父亲并没有责怪我，只是，我听到了他很沉重的叹息。那两声叹息，就像两根毛线，缠到一起，纠结出一个无法解开的疙瘩。

我是一个问题孩子。我也想打开自己的心，可是我做不到。我害怕这个世界，害怕大狼狗，害怕闪电，害怕陌生人的眼睛，甚至害怕自己的影子。还是家里安全可靠，我宁愿锁上房门，让自己独处。

老师来家访，对父亲说起我：“哪儿都好，就是太孤僻，太不爱说话了，几乎从来不与别的孩子交流。”

老师没有“灵丹妙药”，父母亦无计可施，叹息的声音越来越沉重。而我并不想成为他们的负担，所以很用功地学习，成绩在班级里一直都是名列前茅的，这多少让父母得到一些安慰。

生日的时候，父亲破例给我买了一个礼物——足球。对于我们这个穷困家庭来说，这真的是一个很奢侈的礼物。我却表现得不那么惊喜，因为足球要好几个人踢才好，而我只有和我自己的影子踢，现在，我已经不再怕我的影子了，它是我唯一的好伙伴。

父亲的良苦用心我倒是懂得，只是我很难走出拥抱世界的第一步。父亲开导我说：“个子矮怕什么，别说你还会长身体，就算不长了，就这么高了，也不代表你就比别人差。潘长江还矮呢，可人家没有看不起自己，还说自己是浓缩的精品，成为红遍大江南北的笑星呢。”

父亲拿出一支圆珠笔，轻轻地在我的手腕上画了一块表，然后对我说：“你看啊，这画在手腕上的手表，虽然不动，却不耽误时间在走啊。”

我没听懂父亲话语的意思，父亲摸摸我的头，接着说：“傻孩子，你就是这块画在手腕上的手表，你停留在自己的时间和世界里，不知道外面是何种天气、什么样的景致，我希望有一天，送你一块真正的手表，那样就能和世界同步了。别忘了，这个世界不光只有你自己。你要融进这个世界，才能知道这个世界是多么美好。”

我知道，父亲送我足球，给我画手表，都是想让我走出自己狭小的世界。我想，既然可以不再怕自己的影子，那么也可以不再怕那些活生生的人啊。仿佛被点破了一层窗户纸一样，我开始试着与别人交流。从向同桌借一块橡皮开始，到帮助别的同学讲一道习题，我发现，当我主动与他们交往，他们不但没有排斥我，反而给了我极大的热情，就像那红彤彤的阳光，泼了我满满的一身。我那黑暗的角落，终于金光闪闪，同学们不再把我当孤僻的“怪物”，我回到了阳光里。

终于懂得，不管疼痛还是快乐，都不该一个人，要学会承担和分享。有人与你承担疼痛，疼痛就减轻了一半；有人与你分享快乐，那快乐就成了海洋。

我拿出我的足球，和伙伴们一起奔跑在草地上，那一刻，我感觉到了快乐的风，在我耳边呼啸而过。原来，世界是可以用这样的方式来绽放的啊！

又一个生日的时候，家里的经济条件依然是捉襟见肘。父亲依然没有给我买来一块手表。我学着他的样子，在自己的手腕上画了一块手表。父亲看到了，摸摸我的头说：“知道你喜欢，等爸有了闲钱就给你买一块真的。这个假手表，不会动啊。”

“不，爸爸，它在走动，不信你听。”我把手腕送到父亲耳边。“嗯，是在走动。”父亲应和着我。

我们绝非掩耳盗铃，我们真的听到了它在走动，走得不疾不徐，不卑不亢。那是我的脉搏，永远与世界同步。

第三辑

为我的灵魂打补丁的人

这么小的屋子，这么小的窗口，却是我浩瀚如海洋的世界。

⊙ 落叶是疲倦的蝴蝶

夕阳老去，西风渐紧。

叶落了，秋就乘着落叶来了。秋来了，人就随着秋瘦了。

随着秋愁了。

但金黄的落叶没有哀愁，它懂得如何在秋风中安慰自己，它知道，自己的沉睡是为了新的醒来。

落叶有落叶的好处，可以不再陷入爱情的纠葛了；落叶有落叶的美，它是疲倦了的蝴蝶。

我甚至感觉到落下来的叶子们的轻轻的叫喊。

那一刻，我的心微微一颤，仿佛众多纷纷下落的叶子中的一枚。

我看到了故乡，看到了老家门前那棵生生不息的老树，看到了炊烟因为游子的归来而晃动。对于远走他乡的脚，对于飞上天空的翅膀，炊烟是永不能扯断的绳子。就像路口的大树，它的枝干指着许多的路，而起点只有一个，终点也只有一个，每个离开村庄的人，都带走了一片绿叶，却留下一条根。

我看到了故乡的山崖，看到石头在山崖上，和花朵一起争着绽放，看到羊在山崖上，和云一起争着飘荡。

我看到了我的屋檐，冬天时结满冰凌，夏天时絮满鸟鸣，一串红辣椒常常被看作是穷日子里的火种。守着屋檐上下翻飞的麻雀，总是那么和谐地与庄户人家好好地过着日子。

时时刻刻缠绕着那颗在路上的心的，就是这个屋檐。

我看到了母亲，为了不让我们在冬天里挨冻，她拾起一节节枯树的枝丫，犹如把那些破碎的日子一一点缀，然后，把温暖交到我们手上。

母亲的柴垛越码越高，母亲却越来越矮。

我看到母亲那双干瘪的乳房，像两只残缺不整的讨饭的碗，却为我们讨来了一生的盛宴。

母亲在灶坑底下点燃的红色的昏暗的火焰，成了那些夜里我们唯一可以依靠的小小肩膀、唯一可以握住的暖暖的手。

叶落归根，是我老了吗？我们花了很多时间去争取财富，却很少有时间享受；我们有越来越大的房子，但却越来越少地住在家里；到月球去然后回来，却发现到楼下邻居家都很困难；征服了外面的世界，却对自己的内心世界一无所知。

远行的人，是什么声音使你隐姓埋名？是什么风向将你吹往他乡？秋天就是这样，把叶子纷纷抖落，把人的思念纷纷挂上枝头。

是该回去了，去看看那棵生下我、让我因成长而绿又让我因成熟而黄的大树，还有在落叶里沉睡着的母亲。

母亲，我匆匆的脚步就是您密密缝合的针脚。

母亲，背着破烂行李的我要归来，找到了天堂的我也要归来。

一层层落叶铺在回家的路上，我要踩着温暖的地毯去看望母亲。母亲也像这落叶，从灿烂的枝头缓缓地落下来，只是，她没有再醒来。

在这个世界上，能留住人的不是房屋，能带走人的不是道路，岁月无法伸出一只手，替你抓住过往的云。如果一切还能重新拾捡回来，母亲，我要去拾取你的笑容、脚步和风，用你的爱做灯油，用你的善良做捻儿，我要点燃它，放到心里，一辈子不忘回家的路。

天冷了，树的叶子落下来，树离我很近，我似乎听见了它们在缓缓凝固。

天冷了，它们一排一排站着，心中坚守着的秘密一阵阵地疼痛起来，但叶子落下来，掩盖了一切。

母亲去了，心灵没有了依靠，一下子就有了那种到处漏风的感觉，可是大风一直在刮，把故乡周围的尘土刮了个干净，我小小的故乡正在被秋天所包裹。

母亲的坟上有一棵树，那是我写给母亲的诗。每到秋天，叶子们就纷纷落下，把母亲的坟头遮盖得严严实实，那些在风中微微呻吟着的落叶，远远望去，像一群疲倦了的蝴蝶，静静地收拢着它们一生的美丽瞬间：一朵红晕、一个誓言，或者是简单的一声叹息。

⊙ 1945年的母亲

1945年8月。

他是一个邮差，这个时候是他最忙碌的时候，每天在大街小巷不停地穿梭，他无非是在传递两种消息：一种好消息，一种坏消息。传递好消息的时候，他被看作快乐的知更鸟；传递坏消息的时候，他被当成哭泣的乌鸦。

他当然喜欢做知更鸟，给人们送去一个个好消息，可是战争年代，噩耗铺天盖地，让他做知更鸟的次数太少了，更多的都是悲惨的消息。例如这一次，他要做的就是乌鸦。

信是从一个部队寄来的。这种信他见得太多了，大多是战士阵亡的消息。

他找到收信地址，一个干干净净的老妇人为他打开了门。

“大娘，您的信。”他把信递给她。

“哦，好，谢谢你。”老妇人急切地接过信，却并没有急着打开，而是放到了胸口，紧紧地捂着，好像她心疼这封信跑了这么远的道儿，倦了、冷了，要用她的体温来暖暖它，又或者，她是在祷告吧，祈祷他是一只知更鸟，而不是乌鸦。

他转身欲走，老妇人却叫住了他，回屋取出好多糖来，往他的兜里揣。

"胜利了，胜利了，吃糖，吃糖啊。"她说那些糖都是给儿子一块儿一块儿攒起来的，时刻等着打仗胜利了，他们回来吃。

她说："小伙子，俺不认识字儿，你能帮俺念念这信吗？前两次俺儿来的信，我都是让邻居帮着看的呢。"

他拆开那封信，果然如他所料，这的确是一个噩耗——她儿子阵亡的消息。

老妇人望着他，眼神中充满着无限期待，他实在不忍心照实读下去，左右为难，不知道该怎样把这杯苦水端给她。

最后，他还是决定实情相告，他越过了开头的"阵亡通知"四个字，念道："兹有我部战士王小虎，二十三岁，黑龙江人氏。自参加部队以来，骁勇善战，杀敌无数……"

"嗯嗯，是我儿子，我儿子……"老妇人兴奋地喊叫起来，很显然，她把这封信当作是嘉奖令了。

"我就说嘛，老天爷总会给我留一个的。我一共有三个儿子啊，老大老二上战场，鬼子没杀多少就稀里糊涂地死掉啦。那时候还有老三在，邻居们都劝我，不要让他去当兵了，可是我没听他们的，硬生生地将他赶走了，让他去前线，去杀那帮吃人的狼。"老妇人自豪地说着，"还是俺这老儿厉害，杀了那么多鬼子啊。"

"嗯，很厉害，他是一个大英雄。"他应和着老妇人。他明明端给老妇人的是一杯苦水，可是老妇人却以为接过来的是一杯糖水。他发起愁来，这个时候如果说出实情，她肯定会承受不住打击的。

"小伙子，接着念啊。"老妇人催促着他。

"哦，再没什么了，部队上的人说，等部队整编完之后，你儿子很快就能回来啦。"他撒了谎，因为他讨厌乌鸦，擅做主张，把自己变成了一只知更鸟。

老妇人喜滋滋地把信接过去，折叠好，放回信封里，然后又放到胸口暖了暖。

他不知道这个谎言能持续多久，但他想，就算是谎言，也总比绝望要好。只要这谎言一天不被捅破，就能让老人怀揣一天的希望，他并不为自己的谎言感到自责。

他敬仰这个老妇人的三个儿子，在战场上英勇杀敌，而自己却在后方做着一个胆小如鼠的小邮差。他也敬仰眼前这个英雄的母亲，把三个儿子都义无反顾地送往前线去杀敌，这需要多大的气魄啊！

这一刻，他很想念自己很多年前去世的母亲。

忽然，他脑海中萌生了一个想法，他甚至有点为这个想法而感到兴奋。

“大娘，如果您不嫌弃，我能做您的干儿子吗？”

“老天，今天这是什么日子啊，双喜临门！”老妇人留着眼泪拥抱了他，“我就知道老天爷不会那么无情……”

他在老妇人的面前跪下去，重重地磕了三个响头，重重地喊了一声“妈”。

他在心里想，等老人有了依靠再慢慢告诉她真相吧。等他娶了媳妇儿，一定要多生几个孩子，把老太太丢失的亲情，都给补回来。要天天吃糖，把以前日子里的那些苦都慢慢地变成甜。

他拿出一个登记簿，告诉她，还需要签字，以证明她收到了这封信。忘了她不识字，就拿起笔替她把字签了。

老妇人很惊讶：“你还没有问过我的名字，怎么就签上了呢？”

他笑了：“我当然知道你的名字啊，信封上不是写着的吗？不过我签的不是那个名字。”他说着展开他的登记簿，最下方一个签名栏里写着两个字：母亲。

⊙ 不要撕碎孩子心中的云朵

当孩子颤巍巍地捧着成绩单站在我面前的时候，我就知道，这次考试一定又考砸了。果不其然，数学和语文都是勉强及格。恨铁不成钢，我气不打一处来，在心里发狠，一定要对她严加管教。

从那以后，女儿看动画片的权利没有了，周末去游乐园的计划取消了，几乎所有的时间我都让她用来学习，她的分分秒秒都被我塞得满满的，像一堵密不透风的墙。但我并不内疚，我认为这是她必须要为这次考试的失败而付出的代价。

这种惩罚渐渐让女儿有些吃不消了，她不是拿着书本在那里愣神就是不停地打瞌睡，小小的生命里写满憔悴。

一天傍晚，我偷偷地走到她身后，看到她竟然在画画！“作业做完了吗？”我厉声问道。

“没……”女儿嗫嚅着。

“没做完作业就知道玩。”我毫不留情地将女儿的画撕碎。女儿哭着，疼惜地打扫着地面上那些受伤的纸片。

第二天，我在同事家里看到了同一个场景：孩子不用心做作业，在作业本上画画。只是，令我汗颜的是他们的处理方式，和我截然相反。

我看到同事的妻子慢慢走过去，微笑着对孩子说：“这朵云画得很漂亮，但这是作业本，你把云朵放错了地方。”我看到那孩子的脸有些羞愧地红了，拿起橡皮去蹭。我听到那母亲接着说：“等你做完了作业，我们把这朵云转移到你的画板上，那里才是它的家啊。”

“嗯！”孩子欢快地应着。

同事和我说，家长在物质方面能给的都给了，从小到大注重孩子的学习多于孩子的社会交往与适应能力的培养，他们看到别人的孩子在学校学什么，也让自己的孩子去学，连周末也安排得满满的，就是怕自己孩子的学习赶不上。孩子从小就开始失去玩的自由，他们的童年就在学校、少年宫里度过，没有那些捉老鼠、捕蜻蜓、放风筝的美好回忆……其实，孩子在上小学之前应该给他们属于他们的童年，让他们学习动手操作比坐在椅子上学书本知识更有趣得多，通过动手做事锻炼他们的自我照顾能力，而这些本领学会后是孩子永久性的财产，就像学会了走路一样。

我猛然领悟到，昨天傍晚，我犯了一个多大的错误啊！

每一个孩子都希望有一片属于自己的天地，在这片天地里，没有师长的呵责，没有他人的干扰，可以舒展自己的身心，可以放飞自己的想象，营造自己的天地，找寻属于孩子的世界。可是，我却剥夺了她的自由，让她变成书本的奴隶，本该轻盈的、小小的心却变得如此沉重。

回到家，在纸篓里翻出了女儿的画，将那些碎片拼凑到一起。我看到，女儿画的也是一朵云，和别人画的不一样，女儿的云朵长了翅膀，在天空上自由自在地飞翔。

女儿在渴望自由快乐的生活，而我撕碎了孩子心中的那朵云。

我决定将功补过。周末，我提议和妻子带她去郊游。她不敢相信这是真的，一个劲儿地到她妈妈那里去求证：“妈，爸爸说的是真的吗？”“是真的，是真的，瞧把你高兴的。”妻子让孩子吃了定心丸。在孩子看来，今天的太阳算是从西边出来了。

我为女儿买了一个大大的画板，女儿欢欣鼓舞，问我画点什么。

“画那朵长了翅膀的云。”

“嗯。”

女儿欢快地在她的画板上涂抹。我告诫自己，再不要揉碎那朵云，因为在孩子的心里，那一朵朵云，就是一张张微笑着的童年的脸，我不小心伤害了属于孩子的童年的脸。

女儿正在慢慢地把那些曾经受过伤害的云朵捧回到她的画板上，小心翼翼地，生怕它再一次掉到地上，融化了。

⊙ 差一点忘记你，父亲

斌子的父亲癌症晚期，查出来的时候正是深秋，医生对斌子说，做好心理准备吧，最多还能活三个月。尽管孩子们极力想瞒着，但父亲终究还是知道了这一切。

我们去医院看他，他明显消瘦了很多，以往那个爱说爱笑的小老头忽然变得伤感起来，一个劲儿地掉眼泪。我们只当他是因生命即将逝去而禁不住喟叹，一切安慰都显得那么苍白，于是我们也都跟着选择了沉默。

半年之后，斌子的父亲安静地走了，表情很安详，嘴角似乎还残留着一抹落在尘世里的微笑。

"父亲一直都很乐观，包括面对死亡。"斌子和我说，"你知道刚开始住院的时候父亲为什么长吁短叹的吗？"

"难道不是因为大限将至吗？临终的人总是习惯于这样悲伤的。"

"不，你错了。父亲就算是临终的时候惦念的也是我们，他和母亲说过，说自己病得不是时候，天冷了，现在要是死了，孩子守孝要挨冻了……"

斌子的父亲最后比医生预测的多活了两个月，我想，他大概就是为了不让他的孩子们守孝挨冻，而忍着不死，一直等到春暖花开。

我被深深地震撼了，我想到了我的父亲。我已经很久没有给父亲打过电话了。

电话打过去，几乎没有等待，就响起了父亲的声音。这让我更加觉得愧疚，我想晚年的父亲除了吃饭睡觉，唯一的活动就是守在电话旁边，一直在等着儿女们的电话吧。

“爸，少抽烟，多运动，晚上出去下棋记得披件外套，心脏不好，就别总喝酒了。别担心我，我在这里很好，只是很想你而已。”父亲在那头一个劲地“嗯、嗯、嗯”，好像一个在听着老师劝诫的乖学生一样不停地点头，满脸的谦卑恭敬。一下子，我感觉父亲真的老了。

父亲，我生命中最重要的那个男人，我年少时的大多数时间都是他陪伴我，骑车载我去球场，牵着我的手去野外，在海边为我用沙砾堆起城堡，还有那次我特别不想让他出现的家长会，他牢牢握住我的手令我无法逃掉……我的记忆慢慢延伸开来，从什么时候起，这个男人的身影渐渐淡去，变得不那么强壮——是从我因为失恋而彻夜未眠的时候起么？是从我踏上北上的列车漂泊流浪的时候起么？是从我在人心叵测的职场上摸爬滚打的时候起么？是的，当我的脸颊有了青涩的胡茬，当我的手臂变得粗壮有力，当我坐在转椅上沉默、疲惫，因为时间而焦虑，因为忙碌而孤独的时候，我已经很久没有想起他了。是的，很久，差一点忘记。

看过一个小故事：两条小鱼一起游泳，遇到一条老鱼从另一个方向游来，老鱼向他们点点头，说：“早上好，孩子们，水怎么样？”两条小鱼一怔，接着往前游。游了一会儿，其中一条小鱼看了另一条小鱼一眼，忍不住说：“水到底是什么东西？”

我觉得自己就像那条小鱼，每天游在漾满亲情的水里，却不知道水是什么。

我在电话里告诉父亲，这个月末会请几天假回去看他，我说我想喝他煲的地瓜粥，想和他下一盘棋了……

一辈子要强的父亲，竟然在电话那头轻声地抽动鼻子。尽管他一再大声地说着“好好好”，我却分明感觉到了他落下的那滴眼泪。

那是一滴可以挤疼大海的眼泪。

⊙ 慈悲的月光

姐姐秀英，端庄贤惠，性善慈悲，然，命途多舛，令人唏嘘。

我在今夜想她。

窗外的月光铺了一地，像散碎的银子，却无人捡拾；像早来的秋霜，却不见人打扫。月光多么慈悲，努力地在黑暗中撑起希望的经幡，不让人撞到绝望的墙。不由得便想起姐姐手捻佛珠、闭目诵经的模样，心里一阵酸楚。

姐夫长得其貌不扬，甚至有些恐怖，身上到处涂满不正常的白癜风的白色，包括眉毛，为此有人嘲笑他，叫他白眉大侠。眼珠是黄色的，谢顶，同时还有狐臭。这还不算，他没上过学，大字不识一个，家里还穷。就这样一个男人，要啥没啥，却愣是软磨硬泡地娶了姐姐，在外人看来有些不可思议。其实最开始的时候，姐姐也是压根不同意，可是他坚持不懈地对全家人献殷勤，最后，看姐姐实在不理他，竟然喝了老鼠药。看着他在地上疼得直打滚，嘴里却不停地哀求姐姐的样子，姐姐的心软了，动了慈悲的念头，和父母说："要不，就这样吧。"

一句"就这样吧"，一个慈悲的念头，就把自己的一生扔将出去。

父母坚决不同意，哪怕那颇有心计的姐夫说破天去也不行，可是姐姐慈悲的心一旦动起，便收不回来了。她私下与他定了终身，不顾父母的反对，稀里糊涂地和他去办了结婚证。生米煮成熟饭，没办法，父母也只好认了，替他们草草张罗了一下婚礼，就任他们在外面租了房子，过起寒酸的日子来。

我的傻姐姐，那不是爱，只是慈悲。而这慈悲竟是害了姐姐的。

婚后，他们一无所有，姐夫在外面打零工，三天打鱼两天晒网，总嫌累，挣得少，总惦记着一下子就发了财，就这样浑浑噩噩地过了好几年。孩子出生的时候，没有钱做手术，就请了个接生婆，在家里自己生。孩子顺利生了下来，可是紧接着，那孩子就有抽风的症状。姐哀求他，让他出去借点钱，把孩子送医院，愚昧的他竟然迷信起来，说是老祖宗喜欢孩子，来看孩子了。在道口给老祖宗烧了些纸钱回来，孩子的呼吸已经微弱得快不行了。那时候没有电话，姐姐让他快点来找我父母，他看情况实在危急，跑来向我们求助。当我们赶到的时候，那弱小的生命已经停止了呼吸。姐姐抱着孩子，哭得差点背过气去。

父亲终于隐忍不住，给了他一记重重的耳光，要把姐姐领回家去。他跪在地上忏悔，一万个保证会让姐姐过上好日子。姐姐又动了慈悲的念头，擦干眼泪，对父母说："爸、妈，你们回吧，我没事，过两天就好了。"

一年之后，第二个孩子降生了。谢天谢地，这个孩子总算健康地存活下来。可是因为营养跟不上，姐姐奶水不足，又没有买奶粉的钱，孩子经常饿得直哭。没办法，姐姐用开水泡了一大碗猪油，捏着鼻子，逼着自己喝了下去，用这种办法补充奶源。

要过年了，可是他们手里只有几十块钱，我去看姐姐的时候，实在看不过去，塞给姐姐二百块钱。"总要买点肉吧，别垮了自己的身体。"姐姐含着泪说："好弟弟，姐记着你的好。"

我掉了泪，从小到大，都是姐姐照顾我，我哪里为姐姐做过一点事情啊。小时候，睡觉的时候习惯握着姐姐的手，因为总是梦见被一只大黑狗追咬，在梦里会被惊出一身冷汗来，如果握着姐姐的手，就不怕了。

那时，母亲去做临时工，我还小，就得姐姐照顾我。姐姐每天把我背在后背上，像个小大人似的给我唱摇篮曲，姐姐的后背温暖极了，我总是迷迷糊糊地就睡着了。在姐姐的后背上，从来没有可怕的梦，相反，总能梦见斑斓的夜空，各种不同的美丽的飞行物在上面慢慢飞行，飞得很低，伸手就能够到的样子。

不管吃的用的，姐姐都会让着我。苹果，我吃个儿大的，她吃小的；糖，我吃软的，她吃硬的；冰棒，我吃奶油的，她吃冰的；钢笔，我用新的，她用我用过的；作业本，我用正面，她用背面……

其实真正该记得的，是姐姐的好啊！

如果姐夫能循规蹈矩，好好和姐过日子，尽管贫穷，也算完美了，可他偏不。我们原本以为他仅仅外表是丑陋的，现在看来，他的心也是污秽不堪的。

一个偶然的机会，他通过熟人倒卖了几车木头，从此做起这个有些投机味道的生意。运气好，让他挣到了很多钱，从此翻身做了有钱人。急速之间富起来的他，花花肠子也冒了出来，买了楼、买了车，每天出去花天酒地，和“吧台女”们厮混，最后，一个意在骗他钱财的“吧台女”竟然提出要和他结婚，让他和姐姐离婚。

他竟然鬼使神差般去和姐姐办了离婚手续。姐姐伤心难过，舍不得孩子，可是她没有工作，无力养这个孩子，只好一个人寄居在父母家，无比哀怨。

所有人都为姐姐抱不平，说她傻，把楼房让给别人，只有她，淡淡地说：“他还要养孩子，楼就让他们去住吧。”

我的傻姐姐，从始至终，你对他的，都不是爱，只是慈悲，为了这慈悲，你忍受了多少屈辱和痛苦。

好心人来劝，让姐姐另寻良婿，开始新生活。姐姐却一再推却，不再相信男人，只相信手中的佛珠。

她信了佛，每日里不停地闭目诵经，红尘中的一切，似乎都渐渐离她远去。

秋夜微凉，我却执意打开了窗子。我想把月亮邀进屋里，向它打听姐姐的消息。

“姐姐，今夜，我不关心人类，我只想你。”

⊙ 不要那么早吵醒太阳

“爸爸，明天我一定会比太阳起得更早，相信我！”

女儿临睡前，一再向我保证，满脸的兴奋，扯动着心里的一份激动，仿佛明天早上将要发生一件惊天动地的事情似的。

她想比太阳起得早，是因为她的心底藏着一个小小的“阴谋”。

在外地工作的妻子刚刚跟我透露了女儿的这个小小的“阴谋”：“她只是想在父亲节的早上，为你做一次早餐。”

女儿只有八岁，却是少有的乖巧懂事。和她妈妈煲“电话粥”的时候听她妈妈说起第二天是父亲节，她妈妈问她准备送给爸爸什么礼物，她想了老半天，才想到了这个“惊天动地的壮举”。

我看到她背对着我，偷偷地给闹钟定了时，然后如释重负一般对我说：“爸爸晚安。”

“晚安。”我为她盖好被子，然后坐到电脑桌旁，继续构思我的小说。

小说的情节进展得很顺利，不知不觉天已经有些蒙蒙发亮。我想我必须要睡下了，我要让女儿的“阴谋”得逞。

我把面包和煮好的鸡蛋放到了案板上，把暖瓶里装满开水，奶粉和糖也放到了她伸手就能够到的地方，我想尽量让她的早餐做得容易些。然后，我小心翼翼地躺到她身边，故意轻轻地碰触她，温柔地碰醒她，眯着眼睛佯装睡着，脸上满是幸福的微笑。就听见她在那里打着哈欠，轻轻地自言自语："差点睡过头啦。"然后看见她的第一个动作就是拿起闹钟，将它关闭。

她蹑手蹑脚地在厨房里忙活着，尽量不弄出声响。我知道，她做的这一切，都只是想让我多睡会儿。我看过她最近写的几篇日记，几乎每篇都写到了我。她写道："爸爸又熬夜写小说了。每次天蒙蒙亮的时候，他才会躺下休息，他的睡眠只有可怜的三个小时，然后就要接着为我做早餐，送我上学，爸爸真辛苦。"她写道："妈妈在外地上班，都是爸爸一个人照顾我，看来我得多学点本事了，不能老让爸爸操心。"她写道："爸爸，你都瘦了。我还是喜欢胖乎乎的你，喜欢叫你大肚子蝈蝈爸爸。"

我还喜欢她作文里的那个开头："我的爸爸肚子很大，我嘲笑他，他却说他装了家国天下；我的爸爸腰很粗，我嘲笑他，他却说他腹有诗书气自华。爸爸，你的家国天下，就是妈妈和我，因为你总是叫我们——大宝和小宝。"

我便想起我们一家人在一起的时候，我每次唤宝贝，妻子和女儿都争抢着应，她们都在争我的宠爱。为了区分开来，我管她们叫大宝和小宝。"大宝小宝，我上班啦。""大宝小宝，我回来啦。"这是我每天都在使用的爱的语言，这是我每天都在温习的爱的功课。

记得有一次，女儿突然像个小大人似的，一本正经的地问我："如果有一天我们都从这个世界上消失了，会变成什么呢？"我说我会变成一朵云，她便嚷嚷着说她也会变成一朵云，给我做伴；我说我会变成一棵草，她就说她要变成一滴露水，给我洗脸；我说我要变成一棵树，她就说她要变成树上的鸟，给我挠痒痒……我们拉钩，说拉钩上吊，一百年不许变。

女儿在厨房里忙活了很长时间，等她把早餐弄好，太阳已经大摇大摆地登堂入室了，她这才对着我大喊：“爸爸，该起床啦。”并且不无炫耀地嚷嚷着，“今天我比太阳起得早吧。”其实每一天太阳出来的时候，我都会早早醒来，没有人比我更早地见到太阳，但今天我必须躺下，今天，我不要做那个第一个见到太阳的人。

“是啊，比太阳起得早。”我伸着懒腰，应和着她，“可是，你应该早点叫醒我。”我故意“埋怨”她。她说：“我不想那么早吵醒太阳，我想让爸爸多睡会儿。”在女儿眼里，我是她的太阳；在我眼里，女儿是我的太阳。我们互相照耀，彼此温暖。

“爸爸，今天我学会做饭了，明天就能学会洗衣服，妈妈不在身边，我也能照顾你。”这是女儿给我的，最好的父亲节礼物！

我推开窗子，看到的是多么清新、多么美好的早晨啊！窗外的树叶上，露珠还在酣睡，一时半会儿还没有醒来的意思，一切都是那么安谧、幸福，包括窗沿上慢慢爬着的小虫，仿佛都是那么有节奏感地在扭动腰身，我似乎听到了它们在轻轻地哼着某些欢快的曲调。

这么小的屋子，这么小的窗口，却是我浩瀚如海洋的世界。

⊙ 捆绑苦难

在那次关于矿难的采访中，我接触到一位被双重苦难击中的中年妇女：瞬息之间，她失去了丈夫和年仅十八岁的儿子。

她在一夜之间变成孤身一人，一个家庭硬生生地被死亡撕开两半，一半在阳光下，一半在尘土里。

两个鲜活的生命去了，留下一个滴着血的灵魂。悲伤让她的头发在短短几天就全白了，像过早降临的雪。

一个人的头发可以被重新染成黑色，但是，堆积在一个人心上的雪，还能融化吗？

那声沉闷的巨响成了她的噩梦，时常在夜里惊醒她。她变得精神恍惚，时刻能感觉到丈夫和儿子在低声呼唤着她。

同样不幸的还有很多人，一个刚满八岁的孩子，父亲在井下遇难，而母亲在上面开绞车也没能幸免于难，强大的冲击波将地面上的绞车房震塌了，母亲在被送往医院的途中离开人世。

在病房里，我们不敢轻易提起这场噩梦，这使我们左右为难，主编给我们的采访任务是关注遇难职工家属的生活，可是我们真的不忍心再掀开她的伤口，那一个苦难的心灵简直就是一座随时都有可能爆发的悲伤的火山。

我们沉默着，找不到可以安慰她的办法，语言在那时显得是那样的苍白无力，就像一个蹩脚的画家面对美景时的束手无策。

由于过分悲伤，她整个人都有些脱形了。但是最后还是她打破了沉寂，在得知了我们的来意后，她说，活着的人总是要继续活下去的，但愿以后不会再有矿难发生，不会再有这样的一幕幕生离死别的悲剧。

我在笔记本上收集着那些苦难，那真是一份苦差事，每记下一笔，都仿佛是在用刀子剜了一下她的心。那一刻，我的笔滴下的不是墨水，而是一滴滴血和一滴滴眼泪。

在我问到关于以后生活方面的问题时，她做出了一个让我们意想不到的决定，她要收养那个失去父母的孩子。

“我不能再哭了，我要攒点力气，明天还要生活啊……”在她那里，我听到了足以震撼我一生的话，“我没了丈夫和孩子，他没了父母，那就把我们两个人的苦难绑到一块吧，这样总好过一个人去承担啊。”

把两个人的苦难捆绑到一块，那是她应对苦难的办法。厄运降临，她没有屈服，她在这场苦难中懂得了一个道理：那些逝去的生命只会让活着的人更加珍惜生命。

短短几天的采访行程结束了，临走的时候，我去了她的家。我看到她把院子收拾得干干净净，几盆鲜花正在那里无拘无束地怒放，丝毫不去理会尘世间发生的一切，那个失去父母的孤儿正在院子里和一只小狗快乐地玩耍。我如释重负般松了一口气，抬头就看到房顶的炊烟又袅袅地飘荡起来了，那是在生命的绝境中升起的炊烟啊，像一根热爱生命的绳子，在努力将绝境中的人们往阳光的方向牵引，虽然纤弱，但顽强不息。

我知道，在以后的生命中，无论身处怎样的困境，我都会坚强地站立，因为我知道，曾经有一个人，用她朴实的生命诠释了她的苦难——

把两个人的苦难捆绑到一块，苦难便消解了一半。

⊙ 父亲的牛，母亲的鸽子

我想这就是最浪漫的人生了：父亲喂养着他的牛，母亲喂养着她的鸽子，袅袅的炊烟像一株顽强的植物，支撑着那段艰难的时光。

在我的记忆里，整个童年，除了父亲母亲、哥哥姐姐之外，父亲的牛和母亲的鸽子，已成了不可或缺的一部分。

父亲对牛的感情很深，每天晚上睡觉前都要把它全身上下梳理一遍，让牛很舒服地休息。吃饭的时候，父亲总是会想到他的牛，拿起自己的碗，把自己的米粥给牛分一些。望着健壮的牛，父亲的眼睛里写满了爱怜。

我家隔壁住着一个寡妇，丈夫是在外面打工时出的意外。她家里没有牛，有一天晚上过来，低着头，不好意思开口的样子。父亲就主动说："我的地犁完了，明天帮你去犁。"那女人竟感动得直掉眼泪。

第二天早上，父亲早早地起来，给牛添了些草料，然后拍了拍它的脖子，自言自语地说："唉，今天你又要挨累了。"

或许是牛真的太累了，在地里有些步履迟缓。为了能让它使上劲，父亲不得不狠狠抽打它。回到家的时候，父亲去牛棚，一遍遍地抚摸着牛的脊背，抚摸着那些鞭痕，竟然趴在上面大声哭了起来。

相比父亲对牛的爱，母亲对鸽子除了爱，便多了一种浪漫的味道。这只鸽子，是母亲从猎人的枪下救下来的。它受了伤，在院子里扑腾，母亲为它包扎。这鸽子养好了伤，却不再飞走了，就在我家的屋檐上流连。母亲就时常在院子里撒点麦粒啥的喂它，它也很欢快地围着母亲咕咕地叫着，有时候就落到母亲的肩头，和母亲很亲昵。这鸽子似乎充满了灵性，好像要报恩的样子。

母亲非常喜欢这只鸽子，可是为了我，母亲却杀了它。那时我得了一种很奇怪的病，邻村的郎中给开了几味药，告诉母亲，必须要有鸽子血做药引子。

母亲的手在剧烈地抖动，她握着鸽子的脚，仿佛下了天大的决心一般，紧咬牙关，将它的头用力向那石头上磕去。鸽子张大了嘴，血从嘴里流出来。母亲仿佛被吓到了一样，尖叫着跑回屋里。

我的病治好了，母亲却常常负疚地望着天空，那里曾经有她的鸽子飞翔过的痕迹，她追寻过去，想知道她的鸽子在通往天堂的路途上是否安然无恙。

父亲不忍看到母亲这样伤心，就偷偷地问别人要了一对儿鸽子，院子里重新荡漾起生机。

日子就那样过着，虽然穷苦，却不乏温馨。

那个时候，有一些没孵出来小鸡的鸡蛋，叫毛蛋，母亲总会单独拣出来，让父亲拿到灶膛下去烤着吃。如果碰巧多几个，我们就会有口福吃到，如果只有一两个，那就只能望而兴叹了。母亲说，这东西是壮力的，而父亲又是我们家里唯一的劳力，就该让父亲吃。父亲当仁不让，在火堆里眼睛都不忍眨一下，仔仔细细地烤着那两个毛蛋，生怕将它们烤糊了。直到将它们烤得黄灿灿的，满院子飘满诱人的香味。

“喝一口儿？”母亲取出家里自酿的烧酒，对父亲说。“嗯，来一口儿！”父亲满心的欢喜。

父母也不可避免地总会有争吵，可是不管父亲和母亲吵得多厉害，母亲都会把毛蛋替他留着。有时候，父亲没在家，母亲就一边做饭，一边将一个毛蛋放到火堆上去烤，也是像父亲那样烤得细致，生怕将它烤糊了。

父亲回来，闻到毛蛋的香味儿，便径自往厨房奔去，挠着头，笑嘻嘻地向母亲讨要。母亲装作依然很生气的样子："回来晚了，都被我吃掉了。"手却不由自主地向一簇已熄灭却依然热着的火堆探去，两个被烤得黄灿灿的毛蛋依然散着热气儿。父亲一小口一小口地吃着，并不时对母亲赔着不是，母亲慢慢地便喜笑颜开起来。

我曾经在一首诗里描绘过这样一种幸福："屋檐上鸽子成群，脚边有鸡鸭流连，屋子里有粮食的味道，夜里睡觉的时候，鼾声里伴着蟋蟀的弦音……"这就是父亲和母亲的幸福吧！

父亲是牛，为我们犁开一片片荆棘，把明天变成沃土；母亲是鸽子，为我们驱赶一团团冷凉，让日子溢满暖意。

这，便是我们的幸福吧！

⊙ 满世界旅行的母爱

春节回家的时候，为了给家人一个惊喜，只说了个大概的时间。可当我满心喜悦地提前三个小时到家的时候，看见母亲早已站在家的路口，身上落满雪花。我惊讶地发现，那么多的苦日子都没有击倒母亲，可是现在，轻轻的雪花，却轻易地将母亲的脊背压弯。我一边替母亲掸着身上的雪，一边埋怨她不该在大冷天出来接我。母亲不停地为我搓着手，从她粗糙的手掌上传递过来的温暖，让冰天雪地里的我，感觉跳跃在春天的枝头。

由于特殊的工作性质，我每年都要到处走，上半年在广州，没准下半年就在上海或者哈尔滨了。随着我辗转各地，母亲的心也跟着满世界旅行。电视节目里，母亲最关注的是天气预报，我在哪个城市，她就会看哪个城市的电视节目，关心哪个城市的天气。有一天早上我还没起床，母亲就打来电话，让我多穿点衣服，说今天会变天，气温会下降五度。我听了她的话，套上厚厚的衣服出了门，一上午热得我汗流浃背，不住地在心底埋怨老妈。可是下午的时候，果然变了天，骤然起了风，看着满街的人都竖起脖领，瑟缩着身子，我又开始佩服起母亲来，她的天气预报甚是灵验！

邻居们在一起聊天，谈到广州那边的新闻，母亲就会凑上去听，因为她的儿子在广州；母亲迷迷糊糊似睡非睡的时候，听到新闻联播里播出云南连降暴雨的消息时，一个激灵坐起来，把声音调大，要听个仔细，因为他的儿子在昆明；在公园里晨练的时候，听到太极功友们聊起广西特大车祸的时候，她凑上去，详细打听其中的细节，因为他的儿子在广西……母亲的心就这样跟着她的儿子到处游走。

我每到一个新城市，都会在第一时间接到母亲打来的电话。她对这个新城市的了解似乎比我还多，她会不假思索地说出这个地方的名胜古迹，甚至一些风土人情。因为我，母亲快变成一个“纸上谈兵”的旅行家了。我在讶异的同时，感到深深的暖意，因为我知道，为了孩子，母亲的心翻山越岭，一刻都不曾停止过她的牵挂。爱，使她游走各地，踏遍千山万水，从来不知疲倦。

⊙ 一封奔跑的家书

他从未喊过她一声妈，就因为她是他的继母。

没有人可以替代母亲在他心底的位置，不管她对他如何如何的好。

他就像一块顽石，任她怎样地感化，都无法将他打动。

母亲已经过世好几年了，他还是会时常在半夜惊醒，一遍遍地唤着母亲。她心疼他，一遍遍地到他的房间来给他盖被子。有好几次，他能感受到一双温暖的手，拂过他的额头，停在他梦的门口。

那些年里发生了很多事，父亲在蹬三轮给人送货时，出了车祸，后半生只能在轮椅上生活了。从此，属于父亲的活就都由她来干。每天，单薄的她都要蹬着三轮早出晚归，维持着一家人的生计。

他考上了外省的一所大学。在车站，她和父亲送他，望着秋风中单薄的她的背影，他忽然有了一种亲切的感觉，他接过她手中的手提箱，看到了她眼神中的期待，但他终究还是没有喊出那个字来。

暑假的时候，他不准备回来了，他要在学校附近的餐馆打工，他不想再给她添麻烦，他要靠自己的双手养活自己。他把电话打回去，告诉父亲他的想法。父亲没有反对。

没想到她会赶来，站在餐厅外面打听着他的名字。她为他带来了过冬的棉衣，和一些钱。“别不舍得花，屈了自个儿。”第一次，他感觉喉头有些紧，那个“M”打头的字眼差一点从他的喉咙里喷薄而出。可是，内向的他仍旧叫不出口。他想到了一个好办法，他要写一封家书给她。

他急急地把它邮寄。长了双脚的家书开始飞奔，他盼望着它能在三天之后流转到她的掌心，因为三天之后，是她的生日。

一封奔跑的家书，上面只有一个字：“妈！”

⊙ 疼痛的小提琴

那次矿难使雅娴成了寡妇，巨大的悲痛令她心力交瘁。不仅如此，刁蛮的婆婆认定她是“克夫”的霉星，对她百般咒骂。最后，老实巴交的雅娴只从丈夫的二十二万元抚恤金里拿到了八千块钱，还没等她在伤痛中回过神儿来，婆家人又冷冷地将她赶出家门。

雅娴领着刚出生不久的孩子租了一间很小的屋子住下来，靠那点抚恤金勉强维持着生计。因为生的是女儿，婆家对孩子也不再疼爱，很长时间不管不顾。

雅娴日渐消瘦，每日里看着丈夫的遗像，泪如泉涌。她和他是相爱的，所以她的痛才撕心裂肺。孩子长得和丈夫很像，每次看到孩子，她的内心便坚强了一些，为了孩子，总要好好地活下去。孩子这么小，就跟着她受苦，她心疼她的孩子，就管她的孩子叫“疼儿”。

她租的那间屋子离一所小学很近，她就在抚恤金里拿出一部分钱买了个旧冰柜，在那里开了个冷饮摊，总算有了些收入，她也似乎看到了一丝希望。

她无暇照顾孩子，常常把疼儿一个人放家里。她买不起玩具，在一个垃圾堆旁，拣了别人家扔掉的几个布娃娃，回家洗干净给孩子玩。还有一把掉光了弦的小提琴，疼儿好像很喜欢，每天都把它抱在怀里，对它充满好奇。

疼儿渐渐大了，可是她发现孩子身上有些不和谐的征兆，三岁了还不会说话，而且每次她喊她，她都像没有听到似的，好像对听觉极不敏感。

医生的话晴天霹雳般炸得她魂飞魄散，疼儿先天性失聪，十聋九哑，连带着话也说不出来。

雅娴开始怀疑自己上辈子真的结了什么孽缘，不然上苍怎么会如此待她。

疼儿长得机灵乖巧，是个很招人喜欢的孩子，但她不会说话，也听不到别人说什么，一切都只能靠她自己内心的感受。

疼儿会走路了，每天跟在母亲身边，看着一个个光鲜灿烂的孩子背着书包进了学校，她的眼里满是羡慕的神情。她指着学校，又指着自己，意思是问妈妈，她什么时候可以去上学。

雅娴明白她的意思，告诉她，等她再长高一点就可以了。她高兴地蹦跳起来。

劳累了一天，雅娴每次把孩子哄睡后，都会长长地叹口气，她怕自己坚持不了多久。她甚至动了诀别的念头，她盼着疼儿快点长大，她也好了无牵挂地去和丈夫团聚。

"六一"的时候，学校里有演出，她批发了很多小零食，装了几个箱子，用车子推着到校园里去卖，却被校长领着一帮老师给撵出了校门，校长嫌她们这些小贩弄脏了校园。

推推搡搡中，疼儿被撞倒了，雅娴便开始不依不饶起来，生平头一次摆起"泼妇"的架势来。最后校长妥协了，告诉她可以在校园的一个小角落里卖东西，只是不要到处走动，她的脸上终于露出胜利的喜悦。

疼儿在校园里兴高采烈地跑来跑去，忽然在舞台前停住了，愣怔怔地站了很久，目不转睛地看着舞台上一个穿着白裙子的小女孩。那个小女孩正在忘情地拉着小提琴，像天使一样美丽。

那天，她们的收获不小，箱子里的东西全卖光了，她后悔没有多批发些货物，不然可以多挣些钱的。很久没做点好吃的了，她买了鸡翅，给疼儿做了可乐鸡翅，看着疼儿吃得那么香，她的眼泪不知不觉又流了出来，孩子五岁了，却没有享过一天福。疼儿过来给她擦眼泪，油腻腻的小手拿着鸡翅，不停地往她的嘴里送。她抱着疼儿，隐忍着收回那些不争气的眼泪。

她开始给疼儿买一些图画书，她要让孩子学会认识这个世界。她想，即使自己不喜欢这个世界，想着诀别，但不能让疼儿对这个世界灰心，她要在离开这个世界之前，为疼儿多描绘一下这个世界的美好。她可以通过一些手势告诉疼儿，这个世界是美丽的，河流、阳光、花朵、蝴蝶……都是世界送给疼儿的礼物。

疼儿快乐幸福地成长着。在她六岁生日的傍晚，雅娴特意为她买了生日蛋糕回来。当她疲惫地打开门，被里面的景象惊呆了：屋子被拾掇得干干净净，疼儿不知从哪里淘弄来白纱巾，把自己装扮成天使的样子，那把掉光了弦的小提琴，被她抱在怀里，而她手里，竟然拿着一根筷子，在那里像模像样地拉着，一副很陶醉的样子。

疼儿在为雅娴表演，只想让她快乐一点。她一下子把疼儿抱在怀里，仿佛把整个世界抱住。她知道，生活并没有舍弃她，上帝派了个天使陪着她。她不再有诀别的心，世界本来就是那般美好，她不能把疼儿一个人留在尘世。

雅娴为她的小天使点上了生日蜡烛，告诉她可以许个愿。疼儿闭上眼睛，郑重其事地把双手放到胸前，许下了她的愿望。雅娴没有问她许下的是什么愿望，但她能感觉到，那个愿望一定和她有关。因为在那一刻，她的心，仿佛和疼儿有心灵感应一样，暖暖的，如同被夏日阳光熨帖着。

疼儿又一次拉起了她的小提琴，并不停地向雅娴比划着，示意她来为她伴舞。她脱下厚重的外套，翩翩起舞起来。雅娴第一次觉得，那无声的音乐是如此美妙，而她自己，也可以如此轻盈，轻盈得，像另一个天使。

在那旋转的舞步里，雅娴仿佛找回了她的青春。她的心豁然开朗，上帝关上了所有的门，却留了一扇窗子，疼儿就是那扇开着的窗子，此刻，阳光和风是多么温暖，正透过窗棂慰藉着她疲惫的身心。那些苦痛的生活，就像那把无弦的小提琴，风平浪静、万籁俱寂，所有的音符都藏到海底，但这依然是上帝的礼物。疼儿让她懂得，哪怕命运赐给她的，是一把疼痛的喑哑的小提琴，也一样可以拉出优美的旋律，那些音符会蹦蹦跳跳地浮出海面，直窜到她们的心坎上来。

是的，没有弦的小提琴、喑哑的弦，一样可以拉出动人的音乐，一样可以引来柔和的月光、奔腾的海水。这会儿，疼儿听到了，雅娴也听到了。

第四辑

你给我的香，七里那么长

我们都是如此容易感动的人，我已经陷在了七里香的毒药里。情花之毒，毒不在花，在心里，只因为很爱很爱。

⊙ 一路刮到天堂的风

一

人们都叫他风。

风是一个半疯子，每日在村子里嘻哈着脸，悠闲逛荡，真的像风一样。只是这风着实是有些恼人的，就像患了神经衰弱症的人越想着睡去，越能听见它不停地拍打着窗棂；就像早起的人刚刚打扫完院子，堆了一堆的垃圾，又被它吹散开来，使刚刚洁净的院子毁于一旦，人们索性丢了扫帚，忿忿地骂一句：这该死的风，来得真不是时候！

风是学习学傻的。高考意外落榜之后，他就把自己困在屋子里，不吃不喝，只顾拿着书本不停地读，就这样把自己学傻了。

风是太想考好了，结果到了考场上，大脑一片空白。他总是和自己说，考上了好大学就有了好工作，就能把母亲接到城里去住楼房，把日子过得红红火火的，让抛弃他们母子的父亲后悔一辈子。那是他一直以来的梦想，可是这个梦想却变成了沉重的包袱，害了他。

风时而清醒，时而疯癫，所以他算是个半疯儿。母亲倾家荡产给他治病，却因为操劳过度而撒手人寰，直到死，也没看到他的病有所好转，留下他自己在这人间，领受着世间的悲苦。好在他是个半疯儿，除了吃饭这个低级需要以外，别无他求。

最初，邻居们看他可怜，总会送去些吃食，后来，人们就渐渐淡忘了他。当然，他饿的时候，总是会去邻居家讨要，邻居们大多也不太和他计较，都不介意给他一些吃的，毕竟他是个半疯子。

刚开始疯的时候，风总是待在家里，盯着墙上那张母亲的黑白照片发呆，他大概有些想不明白，活生生的人，怎么一下子就跑到墙上去，不再下来了呢？

“妈！”他唤着，却无应声。屋子空荡荡的，他倒是不那么悲伤，认为那是母亲和他玩着捉迷藏的游戏，他不知道她藏到了哪里，只是有些恼怒，这个游戏玩得有点久。

二

说风是半疯子，是指他偶尔也会有清醒的时候，那是他最痛苦的时候，因为他会确定母亲不在了，因为他听得见人们喊他“疯子”，他真想找个地洞钻进去。

不过这样的时候是越来越少了，村里的人都觉得他已经完全疯了。

疯了也好，疯癫的时候，他就快乐了，会忘记人世间的很多事。

邻居们后来开始有些厌恶他了，因为他不再那么安静，开始东游西逛，净干些遭人嫌恶的事情，例如，把谁家栽种的花儿拔下来，换个地方插上，那花自然就枯死了；例如，把谁家的栅栏门推倒，把人家的猪崽儿赶出来玩儿；例如，把一泡屎埋在地上，他躲在墙后头等着人去踩……因为这些，他没少挨揍。

挨揍了也不长记性，风照样乐此不疲地调皮捣蛋。时间长了，人们也就不再理他，任凭他自生自灭。孩子们哄闹着向他扔石子，他并不恼怒，以为孩子们在和他玩耍。他恼怒的是大人们把孩子们也一个个地叫走了，剩下他一个人，孤零零地在大街上游荡。风吹着他凌乱的衣衫，使他不得不缩着肩膀，仿佛霜打的茄子一般，无精打采。

小胖看他可怜，跑过去塞给他一个馒头，他早就饿着，仿佛一口便要吞下去的样子，可是到了嘴边，他却停住了，转而递给小胖："我把馒头给你，你陪我玩儿好不好？"

和饥饿比起来，他似乎更怕孤独。他这样顽皮捣乱，大概就是要引起人们的注意，不要人们把他忽略掉吧。是啊，他也是一个活泼的生命啊！

小胖说："好好好，我答应你，和你玩儿。"

风便狼吞虎咽地吃了起来。

小胖不胖，那是小时候家里人看他太瘦给他取的小名，希望他能胖起来；小胖不小，已经是个有了孩子的爸爸了，可是就像个长不大的孩子一样，喜欢和村子里的孩子们在一起玩耍疯闹，孩子们也都喜欢他这个"孩子头儿"。小胖总是很护着风，孩子们向风扔石子的时候，他就会把孩子们哄散，他似乎从来没把风当一个疯子来看。

所以，在人们忽略风忘记风的时候，小胖就是他唯一的玩伴。小胖总说，风是不该被遗忘的。小胖做了一个风车给他，告诉他，你奔跑起来，风就会跟着你奔跑，你奔跑得越快，风车就转得越快。

那些寂寞的日子里，风便举着他的风车奔跑在风里，不知疲倦地奔跑，风与风交织缠绕到了一起，似乎已分不清哪个是天上的风，哪个是地上的风了。

三

当然，人们也有想起风的时候，那就是农忙时节，邻居们谁家地里的活儿忙不过来的时候，都会去找他，让他去地里跟着干活。他习惯模仿，别人在前头提着镰刀割稻子，他在后头跟着，和别人做得丝毫不差；别人哼着歌儿，他也跟着哼，调子也是丝毫不差。

这个时候，风竟是这样聪明的，人们乐于看到这样的风，“真是一个地地道道的好劳力呢！”人们看着他挥舞镰刀的背影，啧啧赞叹着。

风似乎听懂了人们的赞叹，变得乖了很多，闲下来的时候，就仰躺在稻草垛上，眯缝着眼，惬意地享受着阳光的轻抚。

烦躁的时候，他是暴风，席卷一切，蹦跳着，对这个世界宣泄着某种不满；安静的时候，他就是微风，呼吸是均匀的，世界变得如此美好。

所以农忙的时候，人们喜欢风，他吃得也比较好。冬天就不一样了，到了冬天，人们闲下来，每天无所事事，男人们聚到一起打打麻将，女人们凑到一起唠唠家常，人们便又集体忘记了风的存在。

直到有一天，地面上落了一层薄薄的雪，邻居拿着扫帚打扫院子，风也拿着一把扫帚，学着邻居的样子打扫起自家的院子来。

“打扫得真干净啊，像被风吹过了一样呢！”邻居过来对他说。

风高兴得手舞足蹈，他开始喜欢雪，因为下了雪，他就可以扫雪，就可以被人夸赞了，他会兴高采烈地把左邻右舍的门口都打扫得干干净净。

果然，上天好像懂了他的心思一样，接二连三地下了几场小雪。这下，他可算找到一个好活计，天刚蒙蒙亮，人们就听到一把大扫帚“沙沙”响动的声响，邻居们在推开门的刹那，都会惊呼：风起得真早，风吹得真是干净呢！

风操着袖，美滋滋地听着人们的赞叹。

小胖抱着孩子在屋子里招呼风，让他进来吃东西，他咧着嘴笑呵呵地刚走到门口，就被小胖媳妇给挡住了。

“就站这儿得了，别得寸进尺的。”她嫌风太脏了，不让他进屋。

“你就让他进来呗，人家都帮你扫院子了。”小胖对他媳妇说。

“一个疯子，值得你这么上心吗？”

“你觉得他是疯子，他就是疯子；你觉得他不是疯子，那么他就不是疯子。”

小胖知道媳妇儿的脾气，爱干净，心却挺善良的，也就不和她计较，拿了冒着热气的馒头给门口的风。

“什么叫疯子？为什么叫疯子？”小胖怀里的孩子天真地问着。

“疯子，就是风的孩子。”小胖的声音很低，仿佛只有他自己能够听到，“因为疯子疯起来的时候像一阵风，那么快乐，那么无拘无束。世间最快乐的是风，它没有翅膀，却可以飞遍世间的每一个角落，你看不见它，它却无所不在。”

风忽然间愣了一下，那一刻，他好像有些清醒，听到了那些话，也仿佛理解了那些话的意思，竟然有眼泪流了出来。

四

一场大雪铺天盖地而来，之前那几场零星的小雪似乎就是为了这场大雪而做的铺垫。风兴奋异常，独自站立在大雪中，挥舞着他的扫帚，像一个少林高僧一样，任凭天上的雪花漫天飞舞，他的身前身后竟无半点雪痕。

雪下了一夜，风整整奋战了一夜。

第二天早上，邻居们推开门，看到了清扫得干干净净的门口，看到了趴在雪地上的风，也看到了一滩血，红得耀眼，令人们无法睁开眼睛。

风是累死的，临死前他咯出了积闷于胸的心结，他可以轻轻松松地走了。

就在他死后的某一天，村里来了一个看上去很有钱的中年人，他向人们打听风的消息。

村里人认得他，他是风的父亲，他是来认儿子的。

“你来晚了，风是个好孩子，你不该弃了他。”小胖把他领到了风的墓前。

“儿啊，爹对不起你……”中年人在那个小土包前跪了下去，声嘶力竭地嚎哭了起来。

起风了，那风打着旋儿，就在那坟地的上空盘旋，然后依依不舍地离开，没有人注意到，那风里飘着一滴泪，仿佛整首欢乐的歌儿里唯一的一个悲戚的音符，若隐若现，不仔细听，没有人会听出它的忧伤。

小胖说：“是风来回应你了，他不肯原谅你。”

中年人心里也清楚，他这一生都将被风缠绕，再无宁日。

从那以后，很长一段时间，村子里都没下过雪了，似乎，雪都被风扫光了。

渐渐地，人们不再谈起风，这一次似乎真的要将风遗忘了。但是人们错了，因为风已经扎根在这里，和那百年的老树、老井，生生不息的炊烟一样，正在慢慢成为乡村的魂魄。

风是从午夜时分开始刮起来的，整整半个晚上没有停歇，似乎要一路刮到天堂去。人们熟睡着，偶尔有起夜的人，听到窗外沙沙的声响，不自觉地就嘟囔了一句：“这孩子，又起了这么大早！”

⊙ 端坐如莲的好时光

父亲做前列腺手术的时候，我在单位请了一周的假，前去护理。

病房里很拥挤，没有闲床，我只能坐在父亲的床边。为了打发无聊的时光，我埋头读书。有两个下午我就把手头的书都看完了，临床病人在睡觉，不能开电视，父亲在打点滴，我无法走开，唯一能做的就是发呆。看着窗外，太阳正慢慢西沉，云霞满天，仿若一幅油画，亦有一种静态的美感。这些年一直忙忙碌碌，大脑始终处于高速运转的状态，应对着职场的刀光剑影，很少有这么发呆的时刻，冷不丁地一下子停滞下来，才发现自己的心，有那一刻，也如白纸般一样单纯，也可以像孩子一样，只关心眼前的一点点事情。

第二天，临床病人出院，紧接着住进来一个胖大的老太太，是胃部长瘤开刀的。一双儿女陪着，都是身形雄壮，嗓门如雷鸣。亲戚来探望，个个也都很胖大，就连小朋友也有铁塔般的身形，真是巨怪家族呢。刚好这时候电视正在放《水浒传》，演到鲁提辖拳打镇关西，让人觉得鲁智深根本就是他家的一份子。晚上洗澡的时候，老太太也不进洗手间，就在盥洗台前脱光光，展览她硕大的光身子以及背上“斜背一口宝剑”般的长长伤口，一点也没觉得不好意思。不免让我有些眉头紧皱。

可是早上，她在床头，端坐如莲，压低嗓门读佛经，手上的经卷都翻旧了。我一下子就不讨厌她了，读佛经总是好的。

我轻手轻脚地从她身边走过，顺便帮她打了一壶水回来。

“这是你自己的修行。”她并没有过多地感激我，只是这样对我说，“你每一个小小的善行，佛祖都会看到的。”

我点头称是。

有了她，病房里不再那么空寂了，她的大嗓门，甚至有些喧嚣。

病房外面走廊有一块空地，放着两张圆桌和椅子，有时候我就坐在外面看书。隔壁病房里有个病得很严重的老头，有时候会发出呼噜呼噜的痰声，在安静的住院区，声音大得怪异，一波一波如钱塘涨潮，仿佛这是他唯一的生命运动。早上我打水的时候路过，门大开着，护工正在替他擦洗下身，屎尿味传来。

寿多则辱，就是说这种情形吧。

为什么要活着呢？难道延续生命本身，就是活着的目的吗？“活下去”这件事，就这么重要吗？比尊严还重要吗？活到自己都没有力气的时候，是不是就无法结束自己的生命了呢？一百岁的巴金在病床上痛苦地请求：“让我死吧。”

那一天，我在医院没有吃下任何东西。

胖大的老太是个活跃分子，我看到她不光感染了自己病房里的病人，还跑去隔壁病房，开导那个病得很严重的老头，让他和她的样子学，端坐如莲，口念佛经。

那一日，看到他病情减轻了很多，脸色也红润了些，念完佛经之后，他竟然像个孩子一样，哼起了很遥远很遥远的儿歌来。阳光异常灿烂，我真切地感受到，活着总是好的。

我一下子感动起来。这一刻，岁月静好，时光仿佛停滞下来，空气中弥散着隐隐的芳香。

端坐如莲，这是我见到的活在世上最美好的一种姿态。

⊙ 灵魂的隔壁，住着一个朴素的邻居

被家人扔掉许多次的一台老式收音机，最后仍静静地坐在我的书桌上，做我灵魂的邻居，延续着它古典而又忧伤的风烛残年。

我喜欢在夜里拧开它，并不是为了收听什么特别的节目，只为看那调频窗里一闪一闪的小红灯，它们依然那样神秘，牵动我从童年一路奔跑过来的诸多遐想和思念。

总能感到有什么东西在那里静静地流淌，一团无比温顺的痒？一丝无比惬意的凉？自己仿佛成了一尾鱼，畅快地游在其中，并且找到了家园一般欢呼雀跃，却不再飞翔，而是静静地歇着，一颗流浪的心，一双幻想的翼。

无论你如何喧嚣浮躁，如何追风逐尘，都不得不在那熨贴的深情环抱中把心落到温暖的草原，灵魂如没有根的风，不停地旋转，跟随着变幻莫测的生命，跟随着斑斓璀璨的星光。那里只有声音，是纯粹的听觉世界。把电脑关掉，把灯熄灭，告别眼花缭乱的色彩，我闭上双眼，倾听，似乎正在与一位老朋友促膝谈心。当然，这位老朋友寒酸得很，体质也很差，不是"咳嗽"就是"哮喘"，不过，我终究没有放弃它，它是一位真诚的朋友，尽管在它的口袋里找不到钞票，却会找到一块干净的手帕，擦拭流泪的眼、流血的心。这贫穷的、破旧的、我灵魂的邻居，我依然

不忍丢弃，我依然把它唤作夜里的天使。

记得小时候没有电视，父亲每天下班回来，第一件事就是摆弄他的收音机。父亲喜欢评书，每天都会准时收听，不管你有多急的事也甭想叫动他，他的表情随着讲书人的抑扬顿挫变化着，当讲书人一拍惊堂木说道“欲知后事如何，且听下回分解”的时候，父亲总是咂巴咂巴嘴，一副没听够的样子。当然，“小喇叭”节目一来的时候，收音机就是我的了。父亲会仔仔细细地把收音机调理得一点儿杂音都没有，他常说：“爸没文化，不能给你讲故事，就让收音机里的爷爷给你讲吧。”

夏天，吃过晚饭，夜的黑色丝绸就软软地将我们裹住了，一家人在黑暗中坐着，拢起一把火驱着蚊虫，听着收音机里的“农村天地”节目，不知何时，父亲会悄悄递过来一块西瓜，在井底储藏过的西瓜凉凉的。那种感觉现在想起来真是惬意极了。

“有色非真画，无弦是古琴。”我珍藏着被现代人所抛弃的古董。一台破旧的收音机在我的书桌上静静流淌着经年的往事，一段似水年华，一些不复的光阴，一些可以娓娓道来，一些却是不堪回首。它陪着我度过那么多忧伤的日子，我极力控制着自己的心，不被那声音的湖水浸泡。

谁也无法阻止这幸福之水的流动，它预言着，所有渴望的必然来临，所有告别的必然重逢。静静的收音机，它闪着温柔的光芒，摄人心魄，撩人情思，那温柔来得那般迅疾，让你无从躲闪，那悲伤来得那般猛烈，让你来不及覆住那些遥远的伤口。

当我为稿纸上的睡莲画上最后一个花瓣的时候，我知道，这寂静的夜是我的，这来自于心灵的声音是我的，再没有人能将它夺走。我与它渐渐融为一体，像一根干干净净的蜡烛，流着泪水不停地走动。我盯着那一闪一闪的小红灯，它依然那样神秘，我依然相信它能带给我母亲的消息，母亲在天堂，离我的距离是三百六十五天八小时三十五分钟。

电脑在我的左侧趾高气昂，它存储着几仓库的信息量，它轻蔑地舞动鼠标，在屏幕上显示出一行文字：衰老了就安息吧。

或许是电脑的嘲笑中伤了它，它从此一言不发，无论我怎样安慰，怎样叩它的心扉，它始终沉默着，只有调频窗里的小红灯依然一闪一闪的，像永不熄灭的童话。

我没有刻意去修理它，我想它沉默自然有它沉默的理由，例如心灵受了伤。它让我想起了父亲，自从母亲去世以后，父亲的话就很少了，我们绞尽脑汁，也无法使父亲从悲伤中挣脱出来。

父亲闲不住，就替我们打扫房间，用亲情擦拭屋子的每一个角落。冰箱、家庭影院、电脑，这是一个用现代化包装起来的家，可是我的书桌上，有一台破旧的收音机，显得有些“另类”，然而，父亲每次在擦拭它的时候，都会在那里静静地待上一会儿，他感到了某种亲切，他一边擦着一边在嘴里念叨：“这孩子，还行！”顺道就把它修理好了。

我不清楚这一句“还行”是什么意思，但我真切地感受到了父亲踏实的呼吸，这是一种称许，大概是因为我善待着老去的旧物的缘故吧，就像在一大堆新潮的婚纱影楼里拍的照片中赫然珍藏着一张发黄的遥远年代里的照片一样。父亲说，原子弹试验成功的消息是从这里面听到的，毛主席去世的消息也是从这里面听到的，一台普通的收音机，曾经牵动着多少人的心啊！

这普普通通的收音机，一直住在我灵魂的隔壁，它是我朴素的邻居。

父亲生日那天，我给他点播了他曾经最喜欢的评书，沉默了许久的收音机就这样和父亲一起重新走进了生活，重新开始了喋喋不休的快乐的唠叨。

⊙ 另一个世界的月亮

月儿，还要涉过多少荒凉，才能够到你的脸庞？

和往日梦到的你不一样，今天，你始终是月亮的形象，穿着薄薄的轻纱，悬在半空，我够不到你。

当我终于肯沉寂下来，想静静地听你说话的时候，你却忽然变哑，心也木然如石，始终挂在那里，保持着上弦或下弦的姿势，不肯为我再圆一次。

这些年，你都一直这样瘦着的吗？让我的梦，多了几道哀伤，添了数缕苦楚。

你和月亮取了一样的名字，其实你们的性格也一样，自恋、伤感。我无法从你的口袋里，取走你的忧伤，那些忧伤根深蒂固，在你的灵魂深处盘根错节。那些忧伤害了你，使你每天心事重重、郁郁寡欢，它夺走了你的健康、你的春天，直至你的整个身体。

在你面前，我总是魂不守舍，把爱放进哪个口袋，哪个口袋就开始漏水，水流如注，没有一种阀门可以将它关紧。我想我应该碎掉，像晶莹的玻璃碎成大小不一的感动，那样，每一片感动的碎片上都会印染着你冰凉的吻，承接你深深的眷恋。

在梦里，你一会儿是柔和的暖色，一会儿是苍白的冷调；我一会儿看到誓言，一会儿看到背叛。我能听到你灵魂里的声音，那声音是一座时间城堡，候鸟群居，月光充盈，孩子微笑，春天受它蛊惑而添上魔力，带来四季之外的鸟语花香。

思念凭空奔跑起来，穿过密不透风的丛林，抵达我的耳畔，落进我最贴心的那个口袋。那个夏天荡漾着一种不真实的温暖，还有手心相碰的柔软，一点一点在心底蔓延开来。这样的温暖在心里一直绵延流长着，回忆也长着双脚，不停地跟着我奔跑，耳畔的风记录了它的行程。月儿啊，那些情感是我终要割舍的草，如今我的心已是不毛之地，寸草不生。月儿，你清冷冷的，你寂冷的边，一个人也没有，你能听到我的歌声吗？天上那个月亮，是你的姐妹，你在冰凉的地下，是另一个世界的月亮。

是你带给那个世界的光辉。

那个秋天，你像蚕一样，在死之前也要穷尽毕生的心血用丝将自己包裹起来，你要深深地掩藏住自己的苦痛，只把快乐的一面给我。

那么来生，再看到你的时候，月儿，你会变成快乐的飞蛾吗？

最近总有人问起：为什么那么喜欢画树？我说，只是喜欢安静、专心。一笔一画地描刻树干时的那种感觉，决定它在哪里分枝，长出什么样的叶子，是刚刚发芽的新叶，还是即将飘落的枯叶？一边画一边想，画完了一棵再画一棵。

我说，因为忘不了小时候，总是喜欢光着脚爬上树，采果子吃！看流云在树的头顶舒卷，看轻风从树的肩上掠过，还有，我习惯闭上眼睛，坐在树根上，听阳光如密集的水意沿着千万条叶的脉向绿的极端渗透。

其实他们都不知道，我画树，是为了树梢上的那个月亮啊！

在晴朗而安静的河边散步，阳光在我们的脸上闪闪烁烁，留下了苹果成熟的味道，眼睛不由自主地流出黑夜，海鸟在我们的周遭鸣叫……

这是我梦中的某些意象，我和你的浪漫，常常在我的文字里此起彼伏。

浪漫很好，但是浪漫也很难，一只小小的蚊子就可以把人拉回又痒又痛的现实。

最后，我将退化成一只渺小的甲虫，继续在音乐声中爬行，渴望做一个更悠长的梦。梦里，置身于一个歌者的水晶鞋里，陪着你，我的月儿，继续向一个浪漫的湖出发。

⊙ 留着眼泪，去渡明天的船

那时，我的内心只剩下一盏灯，微弱却坚强地亮着，犹如绝望中的玫瑰，夜以继日地燃烧。所有的回忆就此成为白色的灰烬，在每一个冬天，不容躲闪地砸向我。

没有我，荒芜长满了你的胡同；没有你，荒芜却长满了我的心。

一首歌，照你远去；另一首歌，照我归来。

雪花很轻，却令我的灵魂疼痛不已。

坐在昏暗的灯光里，小心翼翼地包扎生活留给我的伤口。总以为很大的一场雪会覆盖很多东西，总以为一转身，你就在我的身后。总想把一场雪连同一个名字忘记，可那双不会冬眠的眼睛总是在往事的墙上捕风捉影，就像抬头看见的这片天，常常缀着一些忧郁的碎屑……

一个人的日子很凄清，容易感冒咳嗽，容易听着音乐流泪，容易看见窗外的树叶一片一片以什么样的姿态落下……

这样的夜晚没有眼泪，只有忏悔和悲哀这两把锋利的刀子，将昨天的肉一块一块地剔下。我疼痛，同时感受到一种流血的快感，因为只有自己流血的时候，才知道苍白的生命尚有几许鲜艳。

而我旷世的才华却无法安抚灵魂的疼痛。

打碎了生活这面镜子，从此便无法照见自己的灵魂，任上面覆满厚厚的尘灰。

那些碎片正在割着你我的心。

无法再次走进你的微笑，你的微笑曾是弥漫我一生的朝霞。再不敢轻易挥霍自己，我的手心握不住一片雪花。

任爱情成为没有回头的路吗？任誓言成为没有回程的信函吗？不，摒弃一切虚荣的服饰，我依然为你保留着一份真心。

我是一个卑微的罪人，阳光无法为我洗脱罪名。我以流浪鞭笞自己的身体，以忏悔惩罚自己的灵魂，你会拿起那根善良的针和宽容的线，为我缝补以往的过失吗？

还有那四分五裂的尊严？

还有那满目疮痍的爱情？

想起那个夜晚，你穿着用月光裁剪成的碎花布衣裳，给了我敞开的爱情，一个火的胸膛。

我的眉头抖动了一下，被回忆咬住了。

很久远的往事都跟着跑回来了，像宽频的影像，清晰得让我即使在万千人海也能一眼就认出心中的她来。

在回忆中，三驾马车带着我疾驰，追赶那些逝去的岁月，渐渐忘了自己什么时候写下了第一首诗，第一行诗句落在了何处。

回忆。回忆。鞋子在回忆远方。伤口在回忆敌人。

在回忆中，我找回了我的微笑。

微笑吧，在生命的餐桌上。只要你微笑，整个世界的呼吸就会和我们一样匀称，如同玫瑰花次第开放的声响。

微笑吧，目光纯粹，背影亲切。只要你微笑，天堂的阳光和泉水就会被引渡到你的屋檐下、心扉里。

在你的背后惊醒，不如，在你的眼前沉睡。

所以我留着自己的眼泪，去渡，明天的船。

可是现在，我逃进一扇窗子，躲避生命中尾随而来的雨，带着一本自己心仪的小小的书在一个小小的角落里阅读。

我累了，我想回到你的村庄，青青。

在你的村庄里，我可以永远不戴面具，可以纵情地笑，可以毫无造作地哭；在你的村庄里，好像每一片白云都情意绵绵得可以挤出眼泪来，好像每一片叶子上都能读出一阙凄美的词令。

在你的村庄里，只盛开一种爱情：比早晨的花瓣更纯净，比精美的瓷器更易碎，它高贵，不染纤尘。

我想回到你的村庄，让我的眼睛可以无拘无束地跟随着阳光流浪，让我最贴心的口袋里，永远揣着那个被唤得久了而慢慢濡湿的名字。

那样的夜里，一定会有一团幸福偷偷挤进柴门，将我的手慢慢放到你的手上，将你的心轻轻叠在我的心上。

莫说爱情太短、愁怨太长吧，雪停了，纯洁才刚刚开始铺展，玫瑰病倒了，芳香依然在行走。

最后一盏照耀我的灯，最后一盏让我复活的灯，微弱却坚强地亮着，让整个夜晚，让我的内心，无比明亮。

我要回到你的村庄，青青，做你的羊群中最温顺的一个。你的鞭子轻轻打在我的身上，那是在为我的灵魂指引方向。

青青，你是否会揣着无数温柔的幻想，在尽头全心全意地等我？你是否会跟我一起看月亮在枝头上不停地摇晃着红红的脸，听她说："被幸福撞得好疼……"

青青，我回来了，再大的风雪也无法阻止我走向你的村庄。让我真切地看见那微弱却坚强地亮着的灯，让我裸露自己的罪，接受阳光的鞭笞。

青青，我回来了，穿着雪做的衣裳，我的心正一刻不停地向你飞翔。

青青，我回来了，三匹马的车子停在你门前，上面装满你要的诗歌。

⊙ 路过城市的羊群

在某个夜晚，羊们想到充满诱惑的霓虹灯，想到城市的琼楼玉宇，想到有颜色的夜晚，想到不停不息的歌舞，想到城市的酒精，那么妖娆地像个调情的娘们儿一样觊觎着他们的口袋时，他们成群结队，义无反顾地涌向城市，身后的家园渐渐小去，在他们心中只剩下极其微弱的一点火光。

羊对陌生的城市充满幻想，他们试图闯入，在城市边缘缓缓行走。

我和友伴们围坐在周末里一张叫作欲望的桌子旁吃着涮羊肉，热辣的火锅刺激着我们日渐萎靡的食欲。从本质上讲，我们在分食羊的尸体，只是我们吃得比其他食肉类动物略微考究些罢了。

羊们瑟瑟发抖，左顾右盼，像一群惊弓之鸟。四处丛生的禁区让羊们无处藏身，牧羊人走在长长的羊群后面，响亮的鞭子抽伤很多人的记忆。城市没有森林，却更容易迷失方向；城市没有狼，羊却倍加慌乱。

与此同时，牧羊人倒在地上死掉了。鞭子躺在地上，无人拾起。

羊的记忆从此挂满冰霜，他们将继续在解决温饱问题的路上风尘仆仆。我不停地问自己，他们为什么要闯入这个城市，背弃自己那天堂一般的草原？草原上那淡淡的、适合灵魂静静飞翔的风，不是曾经使他们醉过吗？那悠然飘过的云，不是可以缝补所有过往的伤口吗？还有那笔直笔直的炊烟，难道不是一种生生不息的亲情的呼唤吗？难道这些还不能捆缚一颗心吗？难道非要把自己扔在流浪的路上，弄得伤痕累累才肯回家吗？

了无生机的城市里的沙漠挡住了羊们前面的春天，没有故事在眼前展开，那些飞舞起来的欲望的沙粒堵住了他们渴望的喉咙，甚至，连嘶哑的悲鸣都无法从心底发出。

我在酒杯里找到了自己的灵魂，我也是这个城市里羊群中的一只，我涮着自己的肉，喝着自己用忏悔熬成的汤。这么多年了，我妄图拥有，却总是不停不停地失去；我妄图飞起，却总是不停不停地坠落。总是抱怨自己的生活过得异常平庸，总是盯着柜台里面的时尚物件，眼睛里发出的光芒比国旗杆还直，逛商场的时候总是往一楼的国际名牌专柜去挤，一看到有打折商品就惊喜得如同见了爹娘一般亲热，在学校餐厅里吃着西点的时候，总是喜欢仰望着远处那个最高建筑，期待着哪天也能像那些成功人士一样，在三十八楼的旋转餐厅里优雅地享用烛光晚餐。终于，我有住房了，那边却树起了豪华别墅；公共汽车不拥挤了，大路上却跑过一辆辆私人的豪华轿车；我开始吃肉了，时尚的标榜却是吃野菜；我穿得整整齐齐了，流行的却是衣不蔽体……

我在酒杯里找到了自己的幸福。金钱再多，你的胃只有一个；速度再快，你仍奔跑在大地上；美女再多，你的生殖器只有一个……难道你敢说西部地区的孩子在失学之后重新背起了书包不是幸福吗？难道夜市摊上卖烧烤的下岗夫妻乐呵呵地叫对方歇息一下不是幸福吗？你在豪华餐厅里吃着价格不菲的印度甩饼不一定对身体的营养状况起到丝毫的作用，但是你就是觉得比别人吃油条喝豆浆有品位；在通往风景区的山路上，你的奔驰跑不过旁边的吉普，可你固执地认为那个圆圈里三个一百二十度的半径给你带来的优越感超过了它爬坡时的笨拙……

羊，看到了吗？这就是你们试图闯入的城市！

酒很浓很烈，足以止痛。只是，如果将酒杯打碎，我的灵魂是不是又会四处流浪，一病不起？

我的酒杯真的碎了，我的灵魂追赶上那群正在路上徘徊的羊。他们正在那里无所适从，相互剥落对方的面具，怯懦的眼泪让城市的机器生出铁锈。

我从地上拾起鞭子，羊们充满期待地望着我，我毅然将它甩响，我知道我将一去不返，我知道我将把他们和我自己一同赶进天堂。

⊙ 漫步在莲花般的尘世

那时，栗子在一家私立学校教书，每天忙得焦头烂额，像一个陀螺一样，而竞争和压力就像那根不停抽打而使之旋转的鞭子，使她那颗好胜的心永远无法停下来。

她的大学同学敏刚刚失恋——六年的情感化为乌有，投奔她而来。栗子为敏在自己本来就很狭小的屋子里开辟了一间小屋子，然后把她们在大学时照的照片一张张放大，贴得满屋子都是。敏说在那些照片里又找回了自己的青春。栗子还帮她找了一份工作，工作的忙碌使敏渐渐忘记了失恋的痛苦，渐渐恢复了往日的快乐。

栗子从没有将这件事情放在心上，敏也是个内向的人，从不在嘴上说些感激的话。

敏开始了新的爱情。

在结婚典礼上，栗子看到了敏的父亲，一个朴实的农民。他一进来就嚷嚷着要见栗子，见到后竟然“扑通”一声跪了下去，当着众人的面一口一个“恩人”地叫着，老泪纵横。

老人说，敏是个心思重的人，刚失恋的时候，整天闷闷不乐，并且不止一次想到过自杀，家里人为此都很担心，没想到在这里，栗子让她重新活了过来。

栗子手足无措，没想到自己一个举手之劳竟会让人如此铭记在心。

自己还这么伟大！栗子的心在那一刻快乐得像只小鸟，一只冲破囚笼的鸟。很久了，她都没有那样放松过，她感觉一面墙在她眼前忽然间倒掉了，重新看到了广阔的世界，她的心上又有了天籁之音，又有了纯净的露水，她也懂得了，向人施以援手，会使自己的心灵弥散芳香。

有一次在公交车上，我看到挨着我的一个青年在车门口使劲地用手比划着什么，车上的人很多，没有人理会他。我意识到他可能是个聋哑人，要在那个站点下车，就替他向司机喊了一声。车子停下了，我看见他对着我感激地笑，用手势表达着感激之情。车子开出去很远，还能看到他在那里向我挥手。

我做了些什么呢？不过是张了张口，替他说了句话而已啊。能感知别人的难，能体恤别人的苦，这便是善吧，即便是很小很小的善，也会闪着夺目的光焰。

你的举手之劳看似帮衬了别人，其实也是在帮衬你自己，就像快乐，通过你的心传递给别人，也必会从别人那里再传递回来。爱心是一粒在人世传递的火种，它生生不息。当你给了别人一滴水的时候，你自己已经得到了一片海洋；当你给了别人一朵花的时候，你自己已经得到了整个春天；当你栽下一棵树的时候，你自己已经得到了荫凉。

漫步在莲花般的尘世，你定会沾染满袖的芬芳。

⊙ 蔓延的花香

有一天，对面邻居在楼道里放了很大的一盆花，看样子好像是要扔掉。我是个爱花之人，况且新搬来这个楼没多久，家里还没有置办一盆花，便想把它要来。我试着去敲那家的门。门开了，一个穿着睡衣的男人好像没睡醒的样子，一张脸仍然被好梦和恶梦纠结着。

“不好意思打扰你了，我是对面新来的邻居，来和您打个招呼。”

“哦，你好你好。”他使劲甩了甩脑袋，试图把瞌睡虫赶跑。

“我想问问您，门口的这盆花，是否可以送给我呢？”

他停顿了一下，然后微笑着说：“当然当然，如果喜欢你就搬回去好了。”

我乐不可支。他主动帮我把那盆花抬了进来。

我围着那盆花，搓着手，呲着牙，左看看，右瞧瞧，哪点也不像有病的样子啊，疑惑着那家人为什么要把它扔掉呢。

不一会儿，我听到有人敲门。我开门看到是对面的他，手里拿着一个小喷壶，对我说：“我家里有好几个浇花的小喷壶，我昨天来，看你家里没有花，知道肯定没有这个，省得你买了，送你一个。”我连声道谢，这邻居，真是热心肠的人。

又过了没多大一会儿，又敲门了。我开门，看见还是他。

“不好意思啊，打扰你休息了。”他说，“那盆花吧，这两天有点生小虫子了，明天你去花店买点驱虫药啥的，免得你家里到处都是那种小飞虫。”

我不禁感慨，这年头，有这样热心的邻居还真是太少了，我是多么幸运，能与之为邻。

妻子回来，看到这盆花儿，喜欢得不得了，问我花多少钱买的。我说是对面邻居家要扔掉，我要回来的。

“真是个不爱花的人，这么好的花，怎么说扔就要扔掉呢？”妻子一边用纸巾轻轻擦拭花的叶子，一边小声嘟囔着。

“就是啊，谁像你，简直就是个花痴。”我取笑她。

就在这时，我听到对面有人敲门，继而听到了一段令我脸红的对话。

“老公，给我开门，我忘记带钥匙了。”

门开了。

“老公，你把花搬回去了？”

“没有，那盆花我送给对面的邻居了，他刚搬来，家里一盆花都没有，人挺好的。”

“那可是我最喜欢的一盆啊，你怎么能送人了呢？我让你把它放到楼道里，是为了让它散散身上的霉气，没想让你送人啊。”

“没事，只要都是爱花的人，花放在哪里又能怎么样呢？”

“唉，你呀，就知道自作主张。算了，送了就送了吧，总不能再去要回来。”

……

我愣住了，原来人家并没有准备扔掉啊，这事弄的。我的脸红得像灿烂的晚霞，妻子却乐得前仰后合。

“把花还给人家吧，如果人家为这个事吵起来就不好了。”妻子说。

可是我真的挺舍不得的，如果当作没听见，不就完了吗？得，不管了，要送也等明天再说吧。

“咚咚咚”，又有人敲门。唉，这一天啊，这门还没消停过。

我通过猫眼看过去，看到是对面的两口子，我想完了，这女的一定是要她的花来了。

我开门，那女的一脸笑容说道：

“这盆花啊，挺不好养的，我这个本子上记录了一些它的习性，你们看看吧，希望能有点用。”

“谢谢，谢谢……”我和妻子着实有点慌了，竟然忘了请他们进屋来坐。

“对了，忘了告诉您。”她在关门的刹那，又一次探出红扑扑的脸来，“那盆花啊，估计要开花了，这几天不能浇太多的水……”

转身回来，看着那盆花，我和妻子无形中竟感到了一种责任和压力。这不仅仅是一盆花，更是一颗颗有些偏执的爱花的心啊。

仔细看看那花，确实全身都胀满了花蕾，虽然还没有开花，而我们似乎已闻到了浓浓的花香，在满世界蔓延开来。

⊙ 娶一朵云回家

要过年了，几个和我一样出来打工的同事大包小裹地往家里邮东西，那架势似乎是想把整个城市都邮回老家去，让乡下的亲人们虚荣地对着邻居们夸耀：瞧，这都是俺那孩子从大城市里邮来的东西，贵着呢……

由于刚刚买了房子，手头很紧，就不想回老家过年了。想到妈妈在邻居面前没有了炫耀的资本，我充满歉意地打电话对老妈说："老妈，您儿子现在两手空空，什么都不能给你带回去了。"

看着还没装修的空荡荡的房子，窗户上贴着一朵云，便自嘲道："就剩下一朵干巴巴的云彩了，妈，你要吗？"

没想到老妈更幽默："要啊，儿子，你什么都不用给我带，就把她给俺娶回来吧。"

娶一朵云回家，多好的创意啊，我为母亲的这句话深深感动起来。

在外闯荡了多年，人人都想衣锦还乡。我们生在一个奔跑的年代，注定要忽略一些温馨的细节，再也看不到往路上扬撒花瓣的诗人，再也看不到倾心于自己的琴声而无暇顾及脚边帽子里积攒了多少钱币的街头艺人，满街走过的都是人造美女，充斥耳膜的都是贩卖情感的流行音乐，就连慢慢地煮一杯咖啡、静静地读一本诗集都变成了一种奢侈，大批诗人的夭亡也无法唤回世人对一朵云的深情注视。我们跟那只因为吃葡萄而涨大了肚子的狐狸一样，为了从洞口钻出来，还要绝食到和以前一样的瘦。在尘世不停地获取，贪婪地索要，有什么用呢？最终还是要回到你出生的地方，一样也带不走。所以，一辈子，拥有一朵云，已经足够了。

想到童年的一个下午，云在城市的上空晾晒翅膀。当十字路口的红灯变成绿灯，车流嘈杂地涌满城市，一个少年无力地看着云和它的影子被车轮碾碎，他慢慢地拿出画板，把云安全地转移到他的心上。那个少年坚信，在世界的另一个地方，一定有人和他一样，要带一朵云回家。

夜里，我给老妈的电话留了言："妈，我三十那天中午到家。"

我还偷偷地给母亲带去了惊喜：女朋友答应跟我一起回去，她说她要做那朵被我娶回家的云。

⊙ 顺从一颗悲悯的心

那是我下岗后没有找到新的工作之前的一段最困难的时光。有一天，妻子让我去街边的小摊上买一把小葱回来就饭吃。在一个卖水果的摊床边上，我看到了令人心酸的一幕：一个捡垃圾的老人手里拿着一毛钱，颤巍巍地向小贩买半个梨，小贩被惹恼了，大声地呵斥他。女儿看到了，拉着我的衣襟说："爸爸，你就给那个爷爷买个梨吧。"我的口袋里只有一块钱，但我毫不犹豫地用它买了一个完整的梨，递到那个老人手里。那个晚上，我们的饭桌上没有小葱，只能捧着饭碗就着开水吃，可依然吃得很开心。我与妻子说了这件事，妻子和我的态度是一样的，要顺从孩子那颗悲悯的心。

一日，女儿发烧，我带她去诊所打针。女儿躺在床上，忽然指给我看地上的一只蚂蚁。那是一只很大的蚂蚁，不知从哪里爬进来的。诊所里的人很多，说不定什么时候就会把它踩死。女儿打着吊瓶不方便下床，她就让我用一张纸把蚂蚁托起来，放到外面的花园里去。我乖乖地听任女儿的使唤，因为我知道，我不能违背她的爱，要顺从一颗悲悯的心。

很小的女儿常常被我带着去妈妈家，途经一个劳动力市场，那里常年蹲着一些出苦力的"大板锹"，每次路过的时候，我都会说：因为他们没有文化，所以要付出很多的劳动才能有饭吃，你看他们不管刮风下雪都要来这里，挣钱买饭吃。我不知道，这无意间的几句话竟然在女儿小小的心里泛起了波澜。那是过了很久之后的一个下着大雪的下午，女儿放学回来，一脸忧伤。她说："爸爸，天这么冷，那些人咋办啊？"我困惑地看着她，女儿又说："就是那些拿着铁锹站在大街上干活的人。爸爸，我长大了要在那儿盖很大的一个房子，让他们在屋里等活儿干，我还要烧很热的热炕，让他们坐在上面休息……"那一年，女儿五岁，她在一个风雪天为一些不相识的陌生人哭泣，为他们所遭遇的苦难忧伤。

还有一次，在路过一个垃圾箱的时候，女儿看到一个拾荒的老人在大冬天竟然穿着很单薄的衣衫，在垃圾箱里翻山倒海般地寻找他的"宝藏"。女儿忽然就拿出袋子里的可乐大口喝了起来。"大冷的天，不怕肚子疼啊。"我警告她。女儿喝了一半塞给我让我喝："爸爸，快点喝完它，我们就可以把这个瓶子给那个老爷爷了。"原来如此，我赶紧一口气喝光了那瓶可乐。

女儿很小就传承了我和妻子不辨是非的温软善良，这不仅仅体现在她整天哭啼啼地看电视剧和图画书里，还有生活中。每次看到大街上乞讨的人，她都会跟着难过，甚至，看到自己堆的雪人在阳光下慢慢化掉，她也会伤心。

这颗小小的多愁善感的心啊，曾经让我们一度很是担心，因为这颗单纯的心，只看到世界美好的一面，看不到世界肮脏的另一面，长此以往，保不准孩子会在以后的成长中吃亏上当。终于，当她再一次准备将她的零钱给那个"打一枪换个地方"的骗子乞丐的时候，我忍不住制止了她，不得不冷冰冰地告诉她这里有很多乞丐都是骗人的。没想到孩子愣怔了半天，竟然说出了一句让我惊讶不已的话来。女儿说："那万一有一个是真的呢？"在女儿看来，她的那些施舍，只要有一次是真的，就值得，那一次的温暖便胜过十次的哀凉。

那一刻，我明白了，孩子那种悲天悯人的情怀是与生俱来的，它需要我们去点燃，而不是熄灭；需要顺从，而不是违背。我承认，教给女儿辨别是非的能力很重要，但呵护那颗悲悯的心却更重要。

一颗怀着悲悯的心，会奏响人间的天籁。

⊙ 我抱不住风

我抱不住风，风滑溜溜的身子总是一闪即逝。有时候它爬到树上，打着响指，吹着口哨；有时候它爬到烟囱上，和炊烟打情骂俏；有时候它贴到地面，和一片落叶纠缠不清。水性杨花的风，让我又爱又恨。

我抱不住风，任它在我的灵魂间自由穿梭。

所有的曾经都是风。风是过往，是昨天的赞美或者叹息。

我抱不住风，风要流逝。风要从我这里，带走一些想念。所以，很多曾经，终会过去，所以，有些人，只好寄情于纸墨，用情与文字，将心念包裹成一包药，一点点地下进文里，使人尝不到多少苦却能医好一些心病。

林夕说过："我们都是风雪夜中的赶路人，因相遇磨擦，融化了彼此肩头的雪花，而后因为各自的路线不同，相距越来越远，雪花再覆肩头。一路上，我们重复着等待、相逢、磨擦和离别……"

看吧，这就是我们的双肩，左边挑着过往，右边挑着未来，它让我知道，劳动，仅仅是一只肩膀的疼痛，而且，右边，比左边更疼。我听到尘世的风，那里面有寂寞的骚动；我看到草尖的梦，随着露水堕落的多情。

上帝成全了爱，时间却带走了爱。有生之年假若相逢，多不过一眼，曾经的爱或许只是烟火的表演。痛苦只是风波，卷起回忆的泡沫。当爱走过流年，却被残酷地放大爱的理由。

曾经的爱，被风镌刻成碑文。当你不在记忆里追逐的时候，风便成了你的奴仆，开始跟着你奔跑。

这个世界就是这样，有的地方寒风呼啸，有的地方风和日丽。但是请等我回来，回来把温暖向你传递。

亲爱的，风告诉你什么了？曾经的一切，算是好消息还是梦魇？当心底的那些秘密，被它抽丝剥茧般一点点取出来，你的世界仍旧完好如初吧？

我在风里走丢，也会在风里归来。亲爱的，穿过人世如潮的面孔，和人生浮虚的名声，我总会找到铅华洗尽的你，我的脚下是草，我的发际是风，我的眼前是你，我的心里有着与你相爱的一生……我会以最轻柔的声音问候你，会以最轻盈的指尖触碰你，你有没有在风中走丢？风在你的额头刻了多少怀念的诗行？

我抱不住风，风也抱不住我。我们相互热爱，却又互相躲闪。

亲爱的，你说，两个人一起回忆的时候，连苦难也可以变成棉花糖，蓬松着无限的甜媚，在人生的履历簿上照耀炫舞。是的，纵然时光不改分与秒地呼啸而过，纵然无法更换惨淡的人生背景，但角落里的那朵微笑的花被我看见了，她亦看见我，并照见了我的生活——珍视每一刻的自己，无论悲伤难过还是喜悦，是自己的就是最美丽的。

以前每一年生日的前半年，就开始掰着手指头，撕着日历，等待到来，计划如何庆祝，幻想会收到怎样的惊喜，现在对年纪的概念却越来越模糊了。我不怕老，我期待与你一起到白头，因为你说过只有你不会嫌弃我脱落牙齿、掉光头发的样子，因为现在的我，面对困难时已不会害怕，面对恐惧时亦不再尖叫，如同女人一般。

我抱不住风，但我能抱住你，抱住现在，抱住眼前的幸福。爱人，请与我牵着手，哪怕只走一步两步。

第五辑

有些心愿，追不上流星

小时候，看着满天的星斗，当流星飞过的时候，却总是来不及许愿。长大了，遇见了自己真正喜欢的人，却还是来不及……

⊙ 梦是夜的花朵

最近孩子睡觉特别早，而且总是说梦话，像是在和一个人聊天的样子。

自从孩子的妈妈去世后，我感觉到她明显地变得不愿意说话了，以前那个好动的女孩子一下子变得文文静静，连走路似乎都没了声响。我多么希望她还像以前那么淘气啊，到处翻弄她收藏的“破烂”，自己玩“过家家”，把自己的屋子搞得像个猪窝，让你跟在她的屁股后面不停地收拾和埋怨。现在，她的屋子干干净净的，却少了一份孩子该有的活泼。

在妻子离去的日子里，我常常被思念撕咬着心。但我尽力不让女儿看到我的悲伤，我总是趁洗脸的时候，把泪水偷偷地运送出去。但孩子似乎一下子懂事了，她怕惹起我的伤感，很少和我提起她的妈妈，甚至，她书桌上那张她妈妈的照片也被她放到了背面，正面是依然阳光灿烂的她自己，在花丛中璀璨如一只欲飞的蝴蝶。

我给她租各种动画的碟片，在电脑上下载游戏，想尽办法让她玩。可她好像突然对这些都不感兴趣了，每天回来就埋头写作业，心无旁骛，然后就嚷嚷着要睡觉。

对于女儿的变化，我有些揣揣不安，担心长此以往，孩子会生病的。周末的时候，我领她去吃肯德基，她一个劲地问我几点了。我对她说，今天是周末，作业可以明天写，今天晚上可以多玩一会儿。她却很坚持原则，用不容商量的口气对我说，八点半必须要到家。到家后，孩子看了看钟表，连澡都没洗就迫不及待地钻进了被窝。我有些疑惑，女儿小小的心里似乎隐藏着什么秘密。

我想孩子的心理一定出了毛病。我偷偷领她去看了心理医生。医生说她是典型的忧郁症，是由于失去了最亲近的人所导致的。医生建议我多陪陪孩子，那样有利于孩子早日从伤心的泥沼中爬上岸来。

她生日的那天，我领她去溜旱冰，难得看到她那样高兴。女儿聪明，学什么都快，我带了她两三圈，她就能自己慢慢滑了。看着女儿像一只刚刚长满翅膀的雏燕，跃跃欲试，学着飞翔，我的眼底便蓄满了泪。孩子，这才是你应该过的生活，那些生存的苦难，不该是你这样一颗幼小的心灵应该承受的啊。

可是她并没有忘记她的睡觉时间，滑了一会儿，就问我几点了。我故意骗她说刚刚七点。她玩得很开心，笑声璀璨，如圣诞的烟花。

回到家的时候，她看到闹钟上显示已经十点多了，马上问我是不是她的闹钟出毛病了。我点着她的小脑袋，笑着说："傻瓜，爸爸骗你的。今天是你的生日，又是周末，就是想让你多玩一会儿。爸爸很久没陪你了……"没想到她还没等我说完，就"哇"的一声大哭了起来，令我手足无措。

"今天是我的生日，妈妈看不到我，会很伤心的……"她伤心地哭着说，"在医院最后一次看妈妈的时候，妈妈在我的耳边说，每天晚上九点都会到我的梦里来看我，我们还拉钩了呢。"

原来，这就是孩子所有的秘密！

我眼前浮现出临终的妻子那张苍白虚弱的脸上尽力露出的微笑，看到她艰难地伸出她的小指，和她的女儿拉钩，许下她们相约的诺言。

她们约定：每天晚上九点，在梦中，不见不散。

为了这个约定，女儿始终坚持每天晚上九点之前睡觉。

我为女儿铺床的时候，一眼便看到了她的妈妈。原来，女儿把妈妈的照片放到相框的背面，是为了能在睡觉的时候更近地看到她啊。看来，我们一直都未曾失去什么，我们依然可以快乐地活着。梦真是一件神奇的宝贝！白天丢掉的，可以在梦里拾捡回来；现实中没有的，可以用梦补上。

夜里，我蹑手蹑脚地去女儿的小屋，小心翼翼地给她盖被子。我怕惊动她，她现在一定在和她的妈妈玩耍，或者赖在妈妈怀里缠着妈妈给她讲故事呢。我看着她甜甜地微笑着的脸，在那个梦里，慢慢绽放成花朵。

⊙ 看见鱼刺，莫忘梁木

当事业开始顺风顺水，日子一天比一天好起来的时候，却发现曾经在苦日子里一起走过的那些朋友，正在渐渐疏远。以往几乎每个周末都要想办法凑到一起，打扑克顶枕头，做几个普通的家常菜，喝点廉价的白酒，日子虽穷，但因为这份友谊也快乐了很多。而现在，如果不是主动联系他们，他们从不主动打一个电话，发一个短信，哪怕在QQ上发一个笑脸。有一天，心里实在有些憋闷，想不通，就在QQ的“说说”上写了一段话：“剃头挑子一头热，这样的友谊迟早会熄灭。”朋友们大概是读懂了这句话的意思，纷纷给我留言，或解释或安慰，其中最让我感怀的一句话是：“我们能做的是雪中送炭，而非锦上添花。你春风得意的时候，我们并不是遗忘，只是不打扰，静静地关注着你；你痛苦忧伤的时候，我们从不缺席，我们愿意做你书案上的一杯茶，或者用以缓解痛苦的一段轻缓的音乐。当然，从你的角度来讲，我们更愿意做个静观者，因为那样证明着你很幸福。”

原来，朋友们一直都未曾离去，只是不来打扰目前万事顺利的我。我忽然悔悟，自己凭什么总是要求别人为自己做什么呢？自己又为别人做了些什么呢？难道仅仅因为请他们吃了几顿大餐就要得到人家的回报吗？菜式高级了，酒也高档了，但嘴里说的客套话也多了，心与心的距离也就远了。

《圣经》里说，当你想着朋友的眼中有根鱼刺，别忘了，自己的眼中有一根梁木。是啊，不要总是怀着苛求的心去对待朋友，总想着别人怎样对待了自己，要想着自己怎样对待了别人。

周国平在一篇随笔中写过一件小事：买了一张书桌，抬回家才发现桌面上划坏了一块，于是几个钟头内，老是看见这斑点，整张桌子不见了，浓缩成这斑点。他说："当它不属于我时我对这斑点视而不见，那是一个可以忽略不计的小缺点，一旦它属于我就成了怎么看都不顺眼的致命弱点。"

我们对待朋友，是不是也常常有这样的思维呢？

在微博里看过一个小故事：一只猫和一头猪成了朋友，猪很笨，所以常常被猫捉弄，但猪从来都没有生过猫的气。有一天，猫掉进了大坑里，猪拿来了绳子。猫叫猪把绳子扔下来，结果猪把整捆绳子丢了下去。

猫生气地说："这样你怎么拉我上去？"猪说："不然怎么办？"

猫说："你应该拉住绳子的一头啊！"猪就跳了下去，拿住绳子的一头说："现在可以了！"

猫哭了，这一次哭得很幸福。

有一种朋友不是很聪明，甚至很笨，但他们却懂得宽容，和你不离不弃。

生命中从未出现过完美，无论你还是我，或者我们共同承认的伟人，无论你我是否承认或觉察，我们都是有缺点的人。当我们表现优秀的那一面时，我们会赢得大家的赞许，可不是所有赞许我们优点的人都会为我们有缺陷的那一面留下豁免区，所以最后只有个别人留在我们身边，他们更在意我们的真实，做我们的知己，宽宥我们的错误和不足。我们感谢朋友，是因为他肯为我们负累。我们和谁成为朋友，也在于我们潜在地知道，我们能完整地被谁悉心接受！

很多年前与我争吵、发誓永不相见的老朋友，忽然在我生日这天打电话相约，见了面，竟送给我一本书作为礼物。那是一部手抄本的书，厚厚的都是整齐的蝇头小楷，里面都是我发表在各种报刊杂志上的文章。这本书，天下只此一本，是孤品绝版。那是我收到过的最昂贵的生日礼物。

我的惭愧无以言表。如果多年前的那次争吵，是因为我在朋友眼中看到了一根鱼刺，那么此时此刻，我的眼中横亘着一根多么粗大的梁木啊！

⊙ 老师，你为什么不化妆

我的一个女性教师朋友和相恋了三年的男朋友分手了，因为感情受挫，整个人变得萎靡不振。我好几次试着开导她，结果都无济于事。昨天她忽然打电话来，说出来坐坐吧，她说她的心情好多了。

是什么让她充满阴霾的心重见天日？或许是我的职业原因，我一直怀着强烈的好奇心，等着她为我揭晓谜底。她便和我说起了今天发生的事——

早上，她来不及收拾自己，素面朝天地来到班级。大概是看惯了她化妆的样子吧，孩子们竟然纷纷“指责”起她来了：“老师，你为什么不化妆？”

由于前一天晚上备课到深夜，早上起床有些晚了，她心急火燎地草草洗了把脸就走了。这对于她来说是很少见的事情，往常她每天都会给自己留半个小时时间来化妆的，她要让自己更自信，心情更好些，镜子里的她光彩照人，她常常对那个化了妆的自己微笑，她被自己照耀了。

“后来呢？”我追问。“后来发生的事情别提多搞笑了，这帮小家伙儿们竟然有的买了口红，有的买了睫毛膏，他们要给我化妆。”她对我说。

“我干脆就闭上了眼睛，任由他们在我脸上鼓捣。当时我猜想这张脸肯定被孩子们搞成熊猫脸了，没曾想竟然化得相当不错呢。”

“所以你的心情变得好多了，是吧？”

“是的，失去了男朋友并不算是世界末日吧。我喜欢这些善解人意的孩子们，有他们在，我就永远都是富有的，他们是我永远的宝藏。”

一直以来，只知道老师呵护孩子，不曾想，孩子们也会这么体贴他们的老师。

因为她的憔悴不堪，孩子们眼尖，自然就看出了一些端倪来，不时地有些小冒失鬼直捅她的伤心老窝：“老师，你失恋了是咋的？咋这么不高兴哪！”“老师，就算失恋了也别难过，等我长大了我娶你。”“老师，这算啥啊，三只脚的蛤蟆难找，两只脚的男人，满大街都是。”……孩子们安慰的话，弄得她哭笑不得。

“我爱孩子，所以我对自己的学生总抱着一种怜惜的感觉，他们的言行、他们的举动，常让我忍不住笑。也许就是我的没脾气，让孩子们觉得我是个他们可相信可依靠的朋友吧。”朋友说。

“中午休息的时候，我在讲台上批作业。一个男孩子跑进来，手里拿着一朵手工花送给我，我接过来闻闻，居然有些香水的味道。随后越来越多的孩子跑进来，有拿一朵的，有拿两朵的，有拿三朵的，最多有拿四朵的。还有些孩子跑进跑出几次，我快乐地接过来，然后问，多少钱一朵呀？孩子们回答说一毛钱。我说不要浪费钱了，谢谢你们。孩子们应了一声，然后像小鸟一样跑开了。我把这些红的、紫的、绿的、粉的小花握在手里，闻着香味，心里很温暖很温暖，感觉自己的前前后后都是香气，心情也仿佛满溢着芬芳，还有满满的快乐。”

那是一帮多么可爱的孩子啊！我不禁有些羡慕起我的朋友来。

“是啊，他们非常可爱。每个孩子都是一朵花，他们有着各自的芬芳。有些时候，我们真的需要他们的芬芳来陶醉我们业已苍白的生命。”

⊙ 给自己写一封情书

女儿的班主任是个活泼开朗的年轻女教师，在每个月的月底，她都让学生们给自己写一封信，总结一次自己在本月的十条优点，并让孩子们带回家，让家长看。当家长看到孩子的那些优点时，其内心是激动的，因为我们在日常生活中所看到的大多是孩子的缺点，而如今呢？“噢！我的孩子还有这些优点呢，虽然是自己写的，但却也是真实的内容，至少孩子想过这就是优点。”

一封信就成了热爱自己的宣言书。

强大的，追寻将来，无止境的将来；柔弱的，迷恋过去，一片叶，一阵风尘。我便是那柔弱的人，这大概就是我常常怀着无限乡愁的根源。

柔弱，却并不证明我不爱；相反，我从没有像今天这样爱着自己。爱自己定定的眸光，那眸光可以点燃一个温馨的早晨；爱自己俊朗的身姿，哦，大卫也不过如此；爱自己冥顽不化的倔强，向灵魂里的凯撒致敬；爱自己滴落的每一滴泪，美丽的湖泊就是这样诞生的；爱自己的每一道皱纹，那是通往幸福之乡必须要踏过的台阶……爱镜子中的自己，影子里的自己，悲哀中的自己，欢乐中的自己。顾影自怜？不，我从没有像今天这样快乐着。孤芳自赏？不，我没有上翘的、蔑视他人的嘴唇。

天阴沉沉的，像怨妇，却始终强忍着悲苦，不落眼泪。这不免让人觉得无趣。这怨妇，还不如痛痛快快哭一场，然后拾掇好自己的心情，对镜贴花黄，在腮边缀满红晕——那便是镶嵌在天边的艳丽的彩虹。

为了一件小事，我们想到许多，对于事情内涵的争执，花费了我们宝贵的青春。对着镜子，女人看到健美的肤色，正在一点点开始褪化，男人看到茂密的胡子被一茬一茬地收割。人们端详自己，深爱自己，却又目睹自己的衰败过程，悲哀涌来，如无法阻挡的瀑布。

面对悲哀和苦痛，有些人选择“玉石俱焚”，有些人选择“曲线救国”。玉石俱焚，不免有些鲁莽；真正的智慧是“曲线救国”，既可避其锋芒，又可声东击西，以柔克刚，将种种苦难逐个击破。

这让人想到那个在“文革”中被下放割草的音乐家，整整七年，竟没有一点憔悴衰老的迹象，他的秘密竟是每天按照四四拍割草。这大概是黑压压的苦难来临时“曲线救国”的典范。与此相反的是老舍先生的悲剧。

老舍先生在《我的母亲》里有过这样一个细节叙述：在八国联军侵入北京的时候，有一次老舍在家里，八国联军进了小院四处搜查，刺刀捅到了一个箱子，八国联军走了之后，妈妈发现那里面压着老舍。如果当时箱子不是空的而是有东西，可能会把小孩压死。而如果不是翻箱子时老舍掉出来，还在箱子里，可能八国联军的刺刀就会把老舍捅死了。

对这样来之不易的生命，竟然“不加珍惜”，全然抛却了，老舍终是舍掉了自己，投湖自尽，与无涯的苦难“玉石俱焚”，那是特定的历史时期一个令人心酸的悲剧。是老舍软弱吗？不，他有一颗足够强大的心，鼓舞着别人。只是他太苛责自己，如果他能够多爱自己一点，就会再坚强一点，就会捱过那些苦难，捱到天明。

学会爱自己，这并不是自私，只有爱自己，才能获得真正的幸福。

在飞机上，广播里也会说："氧气面罩脱落时，请先自己戴好，再帮助身边的人。"可见爱自己是多么的重要。爱自己，就是对自己宽容，为自己感动，为自己流泪，允许自己有做错的时候。我们也许都爱过一位老师，爱过一个婴儿，爱过一朵花、一首歌。其实，只要你把这种爱注入到自己的心灵，给自己带来温暖与力量，让生命的活力重新循环流动，你就能获得一定的解脱。学会与烦恼和苦难相处，人才会变得轻松快乐和坚强！

许多事，被牧放，被采摘，被收割，那是多么美丽的一幅画。我开始在这个回忆的早晨给自己写一封情书，我要好好地爱我自己。

因为我知道，如果连自己都不爱，怎么与别人相爱？

⊙ 苦香

我不知道那是什么茶，红色的，好像一个个火柴杆。不，确切地说是烟色的，大概是什么花，可是又没有花香，是一种清淡得有些苦的香气。

老头告诉我，那是海南的苦丁茶。

他只卖这一种茶叶，外加几味草药，还有一点柠檬片儿。他把这些装在一个破旧但是干净的兜子里，背在后肩上，如果不叫卖，没有几个人知道他是在卖东西，只以为他是过路的。

他就那么颤颤地一路走过去，欢快的叫卖声听起来像在唱歌，茶香就钻进了人的鼻孔。

那老头儿的脸就像翻卷的茶叶儿，一道道的纹路，筛着早上的阳光。他每天会选择一个角落蹲下来，隔了很久才会叫卖一声，声音不大，却是欢快的。茶香诱人，我走过去，接着又有几个老头儿走过去了，都是奔着那茶香去的。

渐渐地，他那里热闹起来了，很多人买走了他的茶叶，很多人买走了他的柠檬片，很多人买走了他的草药。

他的兜子空了，茶香还在。

我们和他道别，他说，明天还来，只要还能走得动。我知道，只要他还在，就依然会听到他仿佛唱歌般的叫卖声。

后来听老人们说，这卖茶的老人是个鳏寡，年轻时就死了老婆，连个后代都没有。这么多年，一直都是一个人孤苦伶仃地过着，慢慢地，把自己熬成了苦丁茶。那些苦难让他的人生，多了一些苦香。

可他并不显得多么悲苦，每日里一边卖茶，一边和老人们天南海北地闲聊，时不时地爆出一串爽朗的笑，于是我知道了，那笑声，便是他藏起来的茶香。

茶香是藏不住的，芬芳了自己，也愉悦了很多人。

以苦为香，我想，这是只有经历过大苦之人才能品悟的香吧！

⊙ 马儿尥蹶子，就给它一片草原

在第三中学，有一个“撒旦”，那就是教导主任，他的严厉是出了名的，所以学生们背地里都这么叫他。他不苟言笑，成天紧绷着脸，学生们都怕他。“纪律面前，人人平等”是他的信条，不管谁犯了纪律，都会在他那里得到惩罚。他惩罚学生的方式五花八门，要么罚站，让学生顶着一本书站在操场正中间；要么罚跑步，让学生背着四五个沉甸甸的大书包跑；要么用教鞭打手心儿，再纤细的小手都能给打胖了……

令人不解的是，这么严厉的教导主任，却令学校的风纪每况愈下。

就像暴君的统治下必有揭竿而起的义士一样，总有那么几个顽劣的喜欢叛逆的小子，不但不怕他，还喜欢和他唱对台戏。“与撒旦斗，其乐无穷。”是他们挂在嘴边的口头禅。

背地里嚼着口香糖，叼着小烟卷，一副吊儿郎当的样子，就是这个校园里的一小帮“古惑仔”。他们常常在一起交流“斗撒旦”的心得，这个说：“那天我就当着他的面来了句国骂，真过瘾，我看他当时脸都青了，可是又不能发作，他也不能捡骂啊。”那个说：“那天我在他后背上贴了一首打油诗，全校的人都笑岔气了。他还查不出来是谁贴的，因为我不是手写的，是打印出来的。”

这帮坏小子，处心积虑地上演着一个个恶作剧，搅得学校鸡犬不宁。

教导主任想尽了各种办法，都无济于事，只好把这些事都反映给了校长，希望校长可以找个理由将他们开除。

“那是几个害群之马，不能因为他们影响了整个学校。”主任说。

校长并没有点头默许，也没有摇头反对。

“再给他们一次机会吧，害群之马谈不上，充其量是淘气的小马驹，免不了要撒欢儿尥蹶子的。”

校长的作风和教导主任完全两样。在校长看来，主任严厉得有些病态；而在主任看来，校长宽厚得有些不着边际。主任常常说校长这样是在宠溺学生，对学生的成长是不利的，而校长也常常批评教导主任的做法极端、不科学，两个人总会因为学生的事情争执不休。

不过有些事校长尽量不去插手，他既然放权了让主任来主抓纪律，就不好过于干涉。不过这一次，他还是决定要亲自出马了。

校长决定先从屡禁不止的学生跳围墙这件事抓起。

因为离校门太远，有些同学放学了就想走个捷径，偷偷翻越围墙。学校有明文规定，翻越围墙者，一次罚款二百元。尽管如此，依旧有很多同学抱着侥幸的心理，偷偷翻越围墙，有不幸者，就被逮到。有的就和父母撒谎，说学校又要交费，把钱骗来交了罚款；有的不敢和父母说，就向同学借，然后从每日的饭钱里往外抠，一点一点还债。碍于教导主任的严厉，很多学生都不敢再跳墙了，只有那几个小“古惑仔”还是屡教不改。

校长觉得这并不是个小事，必须认真对待。一连好几日，他都蹲守在围墙边上，果然，他抓到了好几个跳墙的学生。他逐一进行了登记，那几个跳墙的学生心怀忐忑，心想，又要准备交罚款了。

可是令他们没想到的是，他们不但没交罚款，还被校长亲自请到了办公室。校长竟然对着他们深深地鞠了一躬，说他们让他明白，学校还有很多没做到位的地方。这几个坏小子见惯了校方的蛮横，冷不丁地见到这个软弱的姿态，竟然有些不知所措起来，一个个小声嗫嚅着：“我们知道错了，我们愿意交罚款。”校长笑了笑，没说什么，让他们各自回去。

第二天，他们看到，他们经常偷偷翻越的那个地方，竟然安装了一扇小门。

那是一扇小木门，还没来得及刷上油漆，可是他们却看到它仿佛镀着阳光的金色，异常耀眼夺目。他们面面相觑，不约而同地掐灭了手中的烟。

推开门，阳光呼啦啦地闯了进来，泼给他们满身满身的金黄。

说来奇怪，从那以后，不见了那些调皮捣蛋的坏小子，学校的风纪也随着这个小集团的“覆灭”而有了很大的改观。教导主任有些丈二和尚摸不着头脑，他想不明白，自己绞尽脑汁累脱了发也没搞好的校园风纪问题，竟然因为一个小木门而轻而易举地解决了。校长笑着说：“栅栏里的小马驹如果尥蹶子，你就打开栅栏，给它一片大草原好了。等它绕着大草原尽情驰骋回来以后，它就会长大了。”

⊙ 在世上留个响儿

经过步行街的时候，我总能看见一些人缩在角落里乞讨，有残疾的，也有健全的假装残疾的，有年老的，也有十六七岁学生装扮的，跪着，把尊严蜷成卷儿，丢落到空荡荡的地上。在他们前面的地上写着粉笔字：太饿了，请求五元钱买吃的。或者是：钱包丢了，请求六元钱坐车回家。行色匆忙的人们几乎不会在他们面前停留，偶尔会有人扔下五角或者一元钱。

在这个城市里，像这样的行乞者太多了，城市里的人们习以为常，麻木不仁。我也是。又或许是人们分不清楚他们是真正的可怜人，还是刻意的行骗者。但是，当我看到那个吹口琴的老人时，我还是决定给他五元钱，因为他的琴声打动了我。

更确切地说，是他专注的神情打动了我。他的琴声并不见得有多么好听，他的技艺也非常一般，但他那样忘我，把自己完完全全交给了那些零乱的音乐，在自己制造的粗糙的音乐氛围里一厢情愿地陶醉着。

那一阵阵杂乱无章的口琴声，在那个夏日午后轻飘飘地荡漾在空中。老人大约七十多岁，坐在一张小凳上，用一双枯瘦的手宝贝似的捧着他的口琴。老人很瘦，衣着很旧却整齐，一双灰暗的眼睛完全沉浸在他的琴声中，似乎追忆着某些逝去的让人心酸的旧日时光……他的眼神让人心酸让人怜悯，也让我无法无动于衷。我想他可能是一位孤寡老人，又或许是要抚养年幼的孙子和重病的老伴，才不得不坐在这里以吹口琴的方式来博得路人施舍吧。

但是我错了，当我把五元钱放到他面前时，他笑了："孩子，你误会了，我不是在乞讨。"他说，"我只是觉得太闷，想在这儿留个响儿。"

我有些手足无措，不知道是否伤害了他的自尊。

一曲终了，我道了一声好。攀谈中，知道了他是一位孤独的老人，老伴去世了，孩子们忙得昏天黑地，没时间照顾他，就把他送到了养老院。他嫌养老院里太闷，就到广场上来溜达，有时候在这里一坐就是一天。他说在这里，看着人来人往的，心情就跟着好了起来。

老人喜欢口琴，年轻的时候就是用这琴声打动了一位美丽的姑娘，成就了一段美满的婚姻。从那以后，口琴就没有离开过他，他累了或者闷了的时候，都会吹上一段。或快乐或忧伤的旋律，是他和这个世界打招呼的方式，他用他的口琴，为世界留下了一点响儿。

在世上留个响儿，是卑微的人，给自己设置的最完美的签名。

从此我们成了"忘年交"，我喜欢在他那里探究我的未来，他喜欢在我这里寻找他过去的影子。

在他那里，我感受到一种活着的力量。活着一天，就要在这个世界上留下一点声响，哪怕是你淘气地摔破了玩具，哪怕是你在厨房敲打着锅碗瓢盆，哪怕是你哼唱着走了调儿的歌儿，哪怕是你演讲着没有掌声的人生经历……每一天，鸟总是很准时地在凌晨三点开始啼叫，那欢快的啼声是我的闹铃，提醒我不要错过那些大好的春光。每一秒钟我们都在无可挽回地老去，然后看着一段段的岁月变成了可待成追忆的当时。不想像那些追名逐利的人一样，让生命背负太多的期望和太高的高度，只想像一只力量有限的蜂鸟，以自己小小的技艺，悬停在一簇花蕊的身旁。那嗡嗡的扇动翅膀的微音，是它献给世界的最轻的音乐、最精致的响儿。

老人在深秋住进了医院，奄奄一息的时候，他还不忘拿过他的口琴，用他最后的气力，吹奏了一段曲子。我又想起他的话来："活着一天，就要为这个世界留下一点响儿。"

他对这个世界有什么特别的用处吗？应该是没有。但是人活着，就证明这个世界需要他。来到世间一回，就要跟世界打个招呼，这是他的逻辑。不管这响儿是否动听，都是留给世界的关于生命的讯息。

不管多么微弱，都请给世界留个响儿，因为世界也同样爱着你。

⊙ 养一朵听话的云

在我刚刚辞职回家，还没有找到新工作的那些日子，天总是阴沉沉的，正如我困顿时期的心情，疲惫、灰暗，甚至有些绝望。

我总是躲进书房，去那些平日里被我束之高阁的书籍里引经据典，试图为自己的心开启一扇窗口。

女儿常常来敲门，学着小品演员的腔调，调皮地用“多国语言”喊我吃饭：“发得儿，饭已 OK，快来米西米西。”

妻子和女儿，是我那黯淡时光中的最后一缕阳光。想起女儿，我不禁又酸楚起来，我已经很久没有给孩子买礼物了，不仅因为囊中羞涩，更重要的是，作为一个男人、一个父亲，我的事业遭到灭顶之灾，我所有的篮子都已空空如也。

周末的时候，全家人蜷缩在家里，一起等阳光的出现。我照例躲进书房里，用颓废的窗帘把自己囚禁起来。

因为又不能去公园玩了，女儿噘着小嘴，不停地埋怨着：

“该死的云彩，把太阳都给遮住了，什么时候才能晴天啊？”

妻子不想“火上浇油”，就耐心地劝着不开心的女儿：

“这不是云彩的错，其实云彩很乖的，它能带来雨，有了雨庄稼才能生长，农民伯伯就有了好收成，我们才有粮食吃啊。”

“是吗？云彩那么好啊！”小家伙有些疑惑地问道。

“是啊，”妻子说，“它还能美化我们的世界，使空气更干净，你看它在天空上是不是像一块大手帕……”

女儿果真趴到窗子上，认真“研究”起云彩来。

妻子说：“云朵还会变呢！你想什么它就会变成什么。”

女儿忽然间来了兴致，她风风火火地在书桌上摆满了画纸和画笔。妻子问她要做什么，她说：

“我要画一朵云彩，把它养起来，像我养的那只猫一样听话，我让它什么时候来，它就什么时候来，那样我想什么时候去公园就什么时候去，农民伯伯也会年年都有好收成了……”

养一朵云，多美好的想象啊。我在这个美好的想象里看到了女儿纯净的心灵，看到一颗善良的种子，在那里悄悄发芽。

接着，我听到了她们让我感动的对话：

“为什么要养一朵云？”

“因为，它可以随时变成我想要的东西。”

“那你现在想要什么呢？”

“现在我要它把阳光变出来，我要带爸爸去公园玩，我还要它变成很多很多的礼物，我要送给爸爸，让爸爸开心。”

一朵云，从怀念的心上、思念的眼底慢慢飘散，就这样一点一点在尘世积攒纯洁的诗篇，慢慢铺下一张幸福的白色床单。

一朵云，带给我对人生的洗涤和过滤，让我在纯净中守住了自己的心灵，让我蓦然感到，我生命里的阳光并没有消失，只是在云彩里打着盹。

我豁然开朗起来，是孩子为我指了路，为我开启了那扇窗子。每个人的生命中都会有被云朵遮住阳光的时刻，关键是你要懂得如何驾驭这些遮住阳光的云朵，它们既是阻止你前行的障碍，也是你的人生路上难得的风景。我收拾好遍布阴霾的心灵，重新制作了简历，准备在明天早上太阳升起的时候去一家新的公司应聘。

女儿的童心深深感染了我，那个夜里，我对着电脑屏幕上的一张白纸，许下了和女儿一样的心愿：

在春天养一朵云，为自己的心灵铺一张舒适的床；

在夏天养一朵云，为干旱的河床积攒玉露琼浆；

在秋天养一朵云，为背井离乡的游子擦拭眼泪；

在冬天养一朵云，为我爱的人絮一件温暖的棉袄……

⊙ 有些心愿，追不上流星

我最不能忘怀的，是我的童年。

因为爷爷家在乡下，所以我经常回老家玩。每次回老家，印象最深的是，爷爷总会端出香喷喷、热腾腾的鲜美鸡汤，喝得我美滋滋的。上小学了，假期我又回乡下老家，爷爷特地从邻居家抓了一只大公鸡来宰杀，不知是刀不快还是技术不过关，公鸡拖着被割了一半的脖子，满院子跑，血像喷泉一般涌出。晚上，我做了一个恶梦：一只没有头的公鸡在后面紧追不舍，我跑啊跑，总也摆不脱。醒过来，才发现惊出了一身的冷汗。

无忧无虑的童年，日子一天一天过去了，我还是经常回爷爷家，经常喝美味的鸡汤，但是，这些幸福的时光，突然在爷爷患病后终止了。

我到医院去看爷爷，发现爷爷身上插满了各式各样的管子，话都不能说，只能以纸笔代言；不能吃饭了，靠从嘴巴灌液体或打葡萄针度日。全家老小，川流不息地来探望，讲讲家里的琐事、邻里间好笑的事，开开玩笑，为的是让重病的爷爷高兴。躺在病床上一动不动的爷爷，似乎也听得笑眯眯的，挺开心的。

人人见爷爷，谈到病情，都说："这是小毛病，治一下就会好的。"但在背后，所有的人都知道爷爷的病八成是好不了了。人们痛哭流涕，但还是隐瞒着爷爷，为的是让他去世前能过得开心一些。

爷爷的身体越来越衰弱，最后开始呼吸困难、呕吐、便秘、水肿，他痛苦异常，却无法诉说，让亲人们好不伤心。医生也说，爷爷是无法复原了，浑身插满的管子也难以挽救他的生命，至多能延长一点时间而已，大家要有思想准备。那时，我还不太懂这些，只是想，爷爷可能再也不能陪我玩了，再也不能俩人面对面地盘腿坐着，喜滋滋地对喝美味的鸡汤了。奶奶睁着哭肿的双眼，看着痛苦而又无法言说的爷爷，心中悲痛万分。大家只能眼睁睁地瞧着爷爷在病床上痛苦地挣扎了好几个星期，才咽下最后一口气。

丧事办完后，爸爸妈妈整理爷爷的遗物，找到一个小笔记本，里面记载着爷爷想做却没能做的事情，例如，希望把被赶出家门的伯父找回来；在奶奶生日时，买一只昂贵的戒指当礼物，并庆祝他们结婚五十周年；尤其让我感到难过，一下子泪雨滂沱的是，爷爷说他希望他的病快点好起来，再为自己的孙子杀鸡做鸡汤，如此等等，还有许多零零碎碎的愿望。爸妈看着看着，大哭起来，心中好生后悔：为何在爷爷生病期间，不及时将真实的病情告诉他，让他有时间来完成自己的心愿，大家也可帮助爷爷做到这一点，让他没有遗憾地离开这个世界。如今，天人相隔，爷爷永远不能完成自己的种种心愿了。

记得影片《停不了的爱》中有这样的台词：

“小时候，看着满天的星斗，当流星飞过的时候，却总是来不及许愿。长大了，遇见了自己真正喜欢的人，却还是来不及……”

人世间的种种心愿，或许真的无法追上流星的脚步，但是无论如何，请让我们把这首《生日快乐》的歌唱完吧，虽然不能给你翅膀，但却能给你最真诚的祈祷，祈祷流星的脚步慢下来，祈祷尘世的每一颗心，都能抓紧时间去许愿，抓紧时间去爱，抓紧时间，去追赶稍纵即逝的幸福……

⊙ 我梦见了我的四十二个同学

那夜，我梦见了我的四十二个同学，他们依旧年轻，神采飞扬，丝毫没有褪色。

他们在我的梦里鲜活如鱼。

我的同学里，有随风而逝去的。那是高中毕业后没能考上大学的杨泽兴，在给饭店送啤酒的途中遭遇了车祸，带着他未实现的种种抱负而去。我的梦中只有那个中午，我们趴在书桌上睡午觉，他的口哨不知是何时吹响的，那低徊的旋律让整个少年的天空蔚蓝无比，空气里没有一丝其他的声响，这天籁一般的口哨声把我们蠢蠢欲动的少年的心撩拨得如同春暖花开时戏水的鸭子。

在那样一个没有任何征兆的夜晚，我梦见了我的四十二个同学。我以为自己已经在灯红酒绿中僵硬了，如同坏死的骨头，再没有新鲜的骨髓生出，可是我错了，我梦见了我的四十二个同学，我不知道他们是否也会梦见我，像我梦见他们一样。

那一年我们念初一，快到元旦的时候，班里发生了一件事：程玉林的父亲自杀身亡！平时一向活泼开朗的程玉林变得郁郁寡欢。当时我是班长，我和班主任董恩红老师商量了一下，召集班干部开了秘密会议：要在开元旦晚会时把快乐重新种植到他的心上。

我负责当天晚会的主持工作，我精心设计了几条用我们同学名字当谜底的谜语，老师用眼神与我会意，一些简单的问题就让程玉林来回答，这样就可以把奖品发给程玉林，还让程玉林感觉不到特殊照顾。

"想念阳光，打我们班一人名。让程玉林来回答。"程玉林大声说道："肖思明。"

"回答正确。"我又问，"红色变成白色，是谁？""就是你呗，朱成玉。"程玉林腼腆地笑了笑，没有丝毫犹豫地回答。

"悟空和八戒开店，八戒卖货总是比悟空便宜。"程玉林接着回答说："那孙家肯定贵了，孙佳贵。"

"猪屁股涂蜡……"

"我。"没等我说完，就有人抢答了。我们一看，是邱亮！同学们一阵哄堂大笑。

……

我们把奖品不停地发到程玉林的手上，那是一些再普通不过的学习用品，但它凝结了所有同学的爱心，最后，我们每个人都送给了程玉林一个开心球，里面写满了我们的祝福。

很多年后的一次同学聚会上，程玉林特意领我们去他家里，他拿出了自己在那年晚会上得到的一大堆开心球，他挨个地打开心型的开心球，他不用看纸条就知道纸条上的内容，他已经将这些并不精彩但很真诚的祝福牢牢记在了心里：

"以后我每天准时找你上学，做你的闹钟怎么样？——耿东来"

"送你开心的种子，愿你结出快乐的果实。——毕世凯"

"为明天干杯！——林海燕"

"跟我这开心果在一起，你不快乐我负责。——焦战"

“乌云永远遮不住太阳，快乐地生活吧！——王丽娟”

“死去并不困难，创造生活可要困难得多。这是老马说的，借用。——王新泉”

……

他说他在那年晚会上得到的真正的礼物是来自于老师同学间的友情，他要用一辈子来珍藏这些真诚的心。

在那个没有任何征兆的夜晚，我梦见了四十二个同学，他们像幻灯片一样在我眼前一一闪过。那些被剪辑好了的镜头，像少年的天空中破碎的云絮，美好而又忧伤。因为无情的光阴，他们会一个个地减少，但在我的梦里，他们始终是四十二个，永远的四十二个，一个都不会少。

现在，我乘上火车，去一个虽然偏远但空气纯净的地方。我梦见的四十二个同学，也请乘着火车来吧，带回我们逝去了许久的青春；我梦见的四十二个同学，请乘着火车来吧，带回我对你们深深的思念。

⊙ 一头牛的生日

再过几天就是正月二十了，拴柱说，他要回家给父亲过生日。

“不就是给老头过生日吗？有什么大不了的，等你挣了钱，给他多买点好吃的不就有了。”工头不给假，说现在工地上正缺人手，不能耽搁工期。

拴柱就开始郁闷起来，他很久以前就开始惦记这个日子了，如果他回不去，会憋出毛病来。

“就一天还不行吗？”拴柱哀求着，“我回去给老爸下个跪就回来。”

工头却是个冷血的主，不管拴柱怎么软磨硬泡，他就是不开面。

“妈的！”拴柱私下里忿忿地骂道，“那逑蛋的心莫不是块铁疙瘩吗？”

也活该拴柱点儿好，没过两天，因为工程资金周转上的问题，工地停工待料，工人们暂时放了假。拴柱和我比较要好，说我待着也是待着，非要拽着我跟他回趟老家。

我执意要去订做个蛋糕，拴柱不让，他说农村人不兴这个。一路上，拴柱为我讲了很多关于他父亲的事情。拴柱说，父亲是村里少数几个不算太老的老人，还残存着一把力气，还可以麻利地背起犁耙赶上牛，用满是锈斑的犁铧翻耕，这让不少村人羡慕不已。

在拴柱的描述中，我看到这样的场景：犁在父亲手中躺着，竹枝在牛背上响起，在抑扬顿挫的吆喝声之后，犁铧与温热的土地亲吻。几个回转后，犁铧就变得熠熠有光。那种时刻，父亲虽然累着，但却是快乐的。

说起父亲，拴柱滔滔不绝，而且像个诗人一样，话语中掺进了很多抒情的成分。

我听得入神，在拴柱的口中，他的父亲是那样的栩栩如生，让我忽然有一种想迫切见到他的欲望呢！

进了村，拴柱并没有把我领回他的家，而是径自向旷野走去，他说那里正在举行一个盛大的仪式。

“不会吧，你父亲那么有名望，要全村人都给他庆贺生日？”我开玩笑说。

拴柱并不解释，说到地方你就知道了。

然后，我便看到了令我一生都为之震惊的场面：全村的人都把牛赶到了一起，把采集来的青草撒到它们面前，然后，所有的人毫无例外地，齐刷刷地跪了下去！

“这就是我‘父亲’的生日。”拴柱说，“父亲告诉我，不管多忙，都要想办法赶回来，给咱家的牛过生日。”

原来，这是他们村里一个很特别的习俗：把正月二十定为牛的生日。老一辈的人固执地认为，世间的第一头牛，就是在这一天降生的。

这一天，不分男女老幼，人们纷纷拿起镰刀，去为牛割新鲜的草。冬天里根本没有地方可以割到青草，人们就去雪地里挖。有一些没来得及枯死的草被早早降临的雪覆盖，人们小心翼翼地将它们挖出来，轻轻地放到篮子里，仿佛放进去一个愿望。

在雪的覆盖下，每一处淡淡的绿色，都会令人们欣喜若狂。

拴柱说，这一天，父亲不仅给牛吃最新鲜的草，而且还灌了半桶温热的米汤。他将母亲准备给他吃的鸡蛋也泡进米汤里，他一手握牛角，一手抚摸牛背，像爱抚自己的孩子一般。父亲会整整一宿守在牛栏里，躺在草堆上痴痴地望着牛一口一口地吃草。每隔半个时辰，父亲总要拿起竹扫帚清扫它身上的灰土，捋顺它身上的毛……那种细微的爱，令人感动。

在那个时候，拥有一头牛就是一种荣耀，更是一种盼头。牛似乎也知道了这一天的含义，心安理得地享用着人们的精心爱护。

春天是播种的时节，牛是他们唯一的依靠。壮实的男人们都去城里打工了，家里只剩下妇女和老弱病残，春天是最让他们头疼的季节，他们没有力气，可在牛的后头扶犁铧却是需要力气的，你要把犁铧深深地往地下深入，让土地翻滚出浓浓的黑色和潮湿的气息。更头疼的是那些买不起牛的人家，只好等着借别人家的牛来耕地，所以总能在田地里看到那样的场面：一头牛艰难劳作着，借牛的人用最轻的力气小心鞭打着它的脊背。而田地边上，肯定有一个人望着那头牛，眼睛里写满了心疼，而又不能轻易流露出来，只好操着手、驼着背，在那里来来回回地踱步，背影沉重，仿佛在替牛分担苦累。

这就是我们的牛和我们的父亲，他们如此相像，如同孪生的兄弟。

那一刻，与其说他们在为牛下跪，不如说是在为他们的庄稼祈祷，因为最艰苦的工作马上就要开始了。这种跪拜，是在向一种高贵的灵魂敬礼，它们沉默，没有声响，但却更深地叩击着我们的心。

见我呆愣在那里，拴柱拉了拉我的衣襟说：“跪吧，就当是跪父亲了。”

我双膝着地。我想我只能用这种方式，才能倾听到那些沉默的灵魂里的话语。拴柱说得对，此刻，我们所跪拜的牛，就是我们的父亲！

第六辑

每段青春，都是一截奋不顾身的蜡烛

青春，是一个多么诱惑人的字眼。多少奇迹都在那里打好了包，准备邮寄。

⊙ 被风吹走，散落在天涯

那些花，随风摇曳，怔怔地，在思念里向我张望。

那些花，被风吹走，散落在天涯。

世间很多东西都是不需判断，而是靠直觉，就好像有些歌，遇到的时候，便觉得对了，它是唱给我听的。

其实已经过去很久了，可直到现在，那些声音仍旧带着极强的引力，每每在耳边响起，逝去的都奔涌上来，一层一层，将所有的坚强全然吞噬。

它们永远提醒着我，你有过，那些或单纯、或荒唐，却再也不会重来的过去。

那些花，开在我的记忆里，不会枯败。

我记得时钟“嘀嗒嘀嗒”地响起，我记得我和她沿着铁轨的边沿来来回回，我记得火车轰隆轰隆地驶过，我记得她轻声吹起的口琴，我记得那一声“再见”，遮住了我的明天。

我喜欢听音乐，从没有限制因素，国内的、外国的或是纯乐曲，只要好听就可以。但现在，迷上了一个声音，无论是悲伤还是兴奋，习惯了用他的歌声来慰藉陪伴。

经常听到有人把美妙的歌声比作夜莺，委婉空灵。我也试图从脑海中搜索一种东西来形容他的声音，但我失败了，可能那种感觉只可意会无法言传，但还是固执地想描述一下他带给我的悸动。

朴树，和他的名字一样，他的歌声也是质朴的，却勾起人们心底那么多的过往。

常常对人说，我爱的那个声音，仿佛寻觅多时的仙露，偶然间得到时的惊喜。别人总是不能理解。其实，好的声音并不是在第一秒就被认可，它需要用心去品味，一字一句每个音符都悄悄敲进心房，蔓延至全身，浑然不觉却沉醉其中，世界变得忽明忽亮，这就是好声音的魅力。

我最喜欢华灯初上时，在一个人的房间，放着喜欢的CD，悠闲地吃饭、看书，阳台上飘来邻居家晚饭的香味。这段时间的气氛是寂寞的，但又不可思议地舒服。

如果听着的是朴树，是《那些花儿》，那么，这个黄昏就会更加迷人、珍贵，价值连城。

我会在那样的黄昏，轻轻地问：我生命中的那些花儿，你们都还好吗？尘世的风是否将你们吹乱，插在了天涯？

⊙ 不要惊动一只小翠鸟

这是一只快乐的小翠鸟，它同样带给我一种惬意，犹如一颗小石子敲开心底沉默的海，我有多久没这样真正地微笑了。

当微笑都变成奢侈的时候，我不知道，这个世界上还有什么可以称得上是财富。

闪闪发光的金子吗？它们看似温暖，笑容可掬，实则诡异无常，无法抵达冰凉的内心。

我的咖啡壶正襟危坐，药瓶倒在它的身边。这好像是某种暗示，记录着某一个夜晚的挣扎。

每个夜里，我都在抵抗睡意，我要写下对世界的感受，因为只有夜里的我才是有灵魂的。久而久之，一生的睡意都被赶跑了，我开始失眠。

曾经，我就像一团火，可是却总是被扑灭，再燃起来，再被扑灭。我对生活的全部热情就是这样，仿佛也只有这样，自己才能够生存下去。我清贫地捂着伤口，常常在夜的阳台上望着前方高楼粉饰的霓虹，无论世界是怎么变成这样的，无论我内心的信念是否已完全坍塌，我们，谁都不能拒绝改变，即使以一种摧毁的方式！

渐渐地，微笑于我有些遥不可及。生活，不是不爱你们，只是我的爱，像我微弱的生命一样，无法完成它没有的足够火热的感情！

直到这只小翠鸟的出现，令我拾起了丢失许久的微笑。不要惊动一只小翠鸟，这份宁静的小小的幸福和快乐，是多久都不曾到来的啊！它和一个人奋斗多年积累起来的财富比起来，一点都不逊色。

这只小翠鸟，让我知道了我最终想要的是什么。它不过在我的院子里驻足了几秒钟，而我一整天都在想念它。这无声的语言，能绵远地传递多少生命与生命无意间的安慰，像那美，在山巅或石畔，不一定全心为我们而开，不一定被我们亲手撷取，但它存在。

或许这就是为什么人们总会去爱——并不在于选择去爱会有何等意义，而是人们只有通过爱，才能享受到自己生命中喷薄而出的热情，享受到自己精神里那婉转旖旎的甜美眷恋。

那些微弱的美、细小的幸福和快乐，就如同那只飞进我院子的小翠鸟，它东瞅瞅，西望望，如同一个初来乍到的小捣蛋，马上要开始它的破坏行为。果不其然，它观察了一下四周，发现没有危险，便迅捷地飞上我的一盆正茁壮成长着的花，难道它看到那花上面有昆虫吗？这鲁莽的家伙，似乎不管那些，啄着那些花的叶子，像是在复仇。

我本想打开窗子，把它轰走，去拯救我的那盆花儿，但我忽然停住了手。我想到席慕容的一篇散文《翠鸟》，她写了一只翠鸟意外地到了她的花园，啄食了她心爱的玫瑰花芽。可是结尾处她这样写道——“原来在片刻之前还是我最珍惜的那几棵玫瑰花树，现在已经变得毫不重要了。只因为，嫩芽以后还能再生长，而这只小翠鸟也许一生中只会飞来我的庭园一次。”

所以，我也没有惊动在那几秒钟属于我的那只小翠鸟。

⊙ 长不大的雨点

雨就那么一直下着，有来倒去的，没有一点儿停下来的意思。雨天，是想念朋友的时间段，当一滴雨溅落到额头的时候，一些往事便会被记起，令我疾驰的脚步慢下来，高扬的手臂垂下来，像捧着一张年代久远的亲切的照片一样。回过头，仔细打量着身后那些逝去的人和事，心不觉间就有了盈盈的暖。

顽皮的雨点，在我的生命里旋着小小的舞步，用慢四的旋律，带着我回到那些年少时光。

雨，在我四岁，懂得用眼睛欣赏这个世界时，就那样逍遥自在，在地面上玩耍，不停地溅起一个个小水泡，或荡起小小的涟漪……现在我长大了，雨似乎也开始心事重重了。许多时候我再看不见它的明亮，它总是被人们贴上抑郁的标签，例如那个打着油纸伞、结着愁怨的丁香一样的姑娘。当雨被赋予了哀愁的时候，雨就老了，它落到地面似乎也不再是为了玩耍，而是在清洗地面上的污浊，它开始有了责任，有了成人的烦恼。可是，当我看到楼道尽头的护栏处，有个大概十四五岁的孩子，正在一动不动地托着腮帮看雨，仿佛我四岁时那种痴迷的样子，他使我相信，四岁或十四岁，从来都没有从这个世界走掉。雨没有变，还是那些顽皮的不知愁苦的雨点，其实它们从来没有随着我们的年龄渐长而长大。

雨，永远都是个孩子，但愿，它会把我的心也滋润得年轻一些吧。

孩童时，我们可以不知悲伤为何物，一味地顽皮、嬉戏。快乐很容易，和同龄的孩子一起疯跑都是一件高兴的事。孩子有孩子的天真，问一些古怪的问题，用无辜的双眼望着被打碎的花瓶。我们没有烦恼，那是大人的思考，我们可以只想着明天去哪里荡秋千，和谁去堆雪人。我们愉悦，是因为我们什么都不明白。

进入社会后，我们被逼迫着去看清很多事。有些人学会官场上的勾心斗角，有些人拼命地跳槽往上爬，有些人勤勤恳恳地工作却仍因为不懂社会规则而被迫离开，有些人被人欺压过完一生……我们在长大的过程中，不停地丢掉东西。我们被无形的牢笼困住，挣脱不得。这个世界就是这样，我们每天都在用别人期待的模样与真实的自己做交换，以便在社会上顺利生存。在不断地交换过程中，我们慢慢屈服、麻木，我们做着不喜欢的工作，假意奉承不喜欢的人。在被迫前进的旅途上，我们甚至丢失了最珍贵的一切，直到渐渐蜕变，融入人群。官场、商场、情场，全是战场，宴会、酒会、约会，一幕幕化妆舞会。

青春岁月总是最让人怀念的，你在那段时光中结识了最多的朋友、付出了最真的情感，渐渐长大，明白事理。我相信，当我们老去时，最怀念的一定不是那些追名逐利却身心疲惫的日子，而是饱含着最纯真的情感的那些时刻。

所以有时我想，其实我们的人生最需要的反而不是那些华丽的、气势非凡的大片，而是那种能带领我们重回年少单纯岁月的、让我们的灵魂如沐春风的那种小片子，我甚至可以不管其中某些不符合逻辑的、有些毛躁的小细节，因为那里面满是曾经的自己：稚嫩却无比快乐着。把你的人生拍成这样的电影难道不好吗？不被道德、正义、现实社会等一些沉重的字眼压迫，放下所有的包袱，轻轻松松地和最初的梦想融入一回。

我和朋友说起，我们在成长的过程中慢慢失掉了孩子的天真。朋友说那并不是失去，而是被埋在了心灵的深处，总有一天会浮上来的。只是我想，如果它被掩盖得太深，落满灰尘，那么浮上来时是不是也会不易被察觉呢？

还好，一场雨下得多么及时，它洗掉了那些灰尘。感激这些雨点，如果我的脑壳是一扇封闭了许久的门，那么这些急促的雨点，是多么难能可贵的敲门声。

还好，雨点没有长大。

⊙ 当花朵有了翅膀

蝴蝶是会飞的花朵，花朵是沉睡的蝴蝶。

花朵有了梦想，就成了蝴蝶；蝴蝶有了睡意，就成了花朵。

花朵，心有七巧；蝴蝶，翅生两瓣。这对好姐妹，早已结为前世今生的知己。

花朵羡慕蝴蝶的飞翔，蝴蝶又何尝不羡慕花朵的宁静呢？

谁能分清她们，谁能将她们的灵魂隔阻？

当赞叹的声音从曼妙的樱唇滑落，一双纤纤玉手却不由自主地将她们折下，然后对着她们的脸庞，满脸陶醉地嗅来嗅去。

花朵不能理解人类的爱意。

当抒情的诗句排列成行，平平仄仄地向她们涌来的时候，蝴蝶还没来得及吟诵，厚厚的玻璃便将她们压成一张张色彩斑斓的纸片。

蝴蝶不能理解人类的诗意。

人类充满爱意，却折断了花朵的翅膀；人类充满诗意，却吵醒了蝴蝶的睡眠。

有谁知道，那翅膀里藏着多少，花朵夭亡的梦想；

有谁知道，那睡眠里藏着多少，蝴蝶哀怨的叹息。

⊙ 快乐的鱼

我只能成为一个行走的逗号，在翻完命运这本书的时候。

行走的逗号，它无法停止疼痛的脚步，无法停止生命之轻中的阵阵喘息。

我只能成为一句朴素的民谣，在翻过所有历史之后。

朴素的民谣，它在贫瘠的脊背上亮着柔和的光，在沧桑的皱纹里游成快乐的鱼。

我必须成为一尾快乐的鱼，在前世的心约被默诵出来的时候。

快乐的鱼，红尘是它必须游过的河流，梦是它必须到达的佛堂。

快乐的鱼，一个行走的逗号，一句朴素的民谣。

快乐的鱼，历千层网，经万重浪——

哪怕最后搁浅在尘世的沙滩上，也要用红色的信念将自己吹干，用燃烧的激情将自己化为灰烬。

⊙ 让心灵回家

是的，那犹犹豫豫的雪终于落了。

终于，使你不再爱我。

从此，一切开始沉寂，大片大片的阳光被收割，大片大片的月色被收藏。

从此，你的心灵和玫瑰一病不起。

是雪，把我的茅屋覆盖成天堂，一根蜡烛挺立成精神的菩提。

默默无闻中，我耐住了这个贫困的冬天。

想你，一定是满身轻雪，用温柔来暖所有的冬天。

而温柔也正是最危险的诱饵。

这样安静的日子，雪，以火焰的语言温暖你我，教会我们，怎样把一个又一个寒苦的日子，都一一地捱过去。

擦亮窗子上的玻璃，我看见青鸟。

在最后的枝头，哀悼童话。

而我迟了，我用全部的生命，也暖不了它冰凉的尸体。

我把它葬掉，在我常常仰望的月亮的背面。

独坐冬夜。

为一张酷似生命的白纸愁苦难寐。

一支笔在燃烧，另一支笔在咯血。

外面的风没有停下，雪也没有停下。

我心灵的弦音也永远不会停下。

所有的门都虚掩着。

好奇与虚荣隔着墙壁，倾听屋内一场真实的话剧。公开一份爱情，其实就是让两三只，或者更多的猫，破门而入。

门前门后永远是两个世界。

窗里窗外永远是两座花园。

让你的心灵回家吧，让你的双脚走在路上。

推开预言的门，让爱情进来吧，让死去的童话在炉火边复活。

让你提着幸福飘来，在秋天，为我亭亭玉立；在冬天，为我楚楚动人。

让你的心灵回家吧。

我的双手正捧着火焰和《圣经》。

我的双手正在你的身后。

我的双手正在为你指路。

⊙ 当世界只剩下一棵树

我在夜色中掸掉身上的灰尘，试图去开始新的飞翔。尽力笑得和别人一样，尽力用五音不全的嗓子歌唱，尽力把地板擦得锃亮，使它能够映照生活的每一个细节，尽力把生活装点得更浪漫一些，天天如圣诞节一般。尽管我知道我已经老了，尽管打开和拉上百叶窗的时候，已不能带给我更多的惊喜和遐想。

但我仍旧会若无其事地与朋友们谈笑、喝酒，从一家饭店到另一家饭店，寻找更加鲜亮的人流，并向他们靠拢；寻找能坐得更久一些的椅子，并在这椅子上与幸福秘密签约。

百叶窗终于又合上了，我眼睁睁地等着明天来临。明天？明天又能怎样呢？能让我找到新的工作吗？能给这颗疲惫的心披上一件衣裳吗？能给徘徊不决的翅膀开一扇窗子吗？上帝拒绝回答，依然做着悲天悯人的梦，但我知道，我在拒绝颓废，我喝酒，但我绝不放纵，我在椅子里坐得久一些，但绝不消沉，我的心——我的世界里最后的一棵树，仍在向上生长，因为我依然拥有自己的阳光——家。

一想到太阳，一想到早晨就可以看到刚刚睡醒的爱人和女儿的脸，我便又快乐起来了。我从抽屉里抽出被公司解聘的文书，在凌晨之前将它撕得粉碎，并在灵魂里将它擦拭得了无痕迹。

许多潮湿的声音从途中归来，栖在橙黄色的灯下。爱人写过的情书在我眼前一一展开，女儿成长的每一个细节在我脑海中反复播放。我像一只在幻境中翩飞的蝶，一张被记忆点燃的纸片，我在自己的灰烬中拾起了丢失多年的钥匙，它能打开快乐的抽屉，像打开蜂箱一般放飞里面密密麻麻的生的乐趣。我找到了，这钥匙就是我那个向着阳光生长的灵魂。

其实从月球上看，这地球并不大，生活亦如流水账般记录着一个个卑微的灵魂。情书和手纸、寻人启事和菜单、报纸和说明书、世界地图和糖纸、请柬和发丧的纸钱，熙熙攘攘，乱七八糟。可无论我们在昨天做过什么，太阳总还会出来的，生活仍在继续，我们要做的，无非是在生活的过道上丢弃或者拾起，已经过了时的时装、已经被喝光的易拉罐。

没牙的变成有牙的，有牙的又变成没牙的，没完没了。我们就这样在颠来倒去中哭喊着诞生，古怪地活着，又莫名其妙地死去，而这便是生生不息。在这生生不息中，我们到底握住了什么？苹果吗？它们会腐烂。水吗？它们会蒸发。唯一不腐烂不蒸发的是爱，它是溺水时漂过来的一根木头，它是跌进山谷后从崖壁上垂下来的藤。

外面的阳光已经把生活搅成一锅粥了，可是我的爱人和孩子仍在睡梦中。我没有打开百叶窗，我不想吵醒她们，静静地看着这样的两张脸，她们如出一辙，都是被阳光打造出来的，我怎么能让自己的生命停止奔跑，怎么能让自己的灵魂停止追逐，向着芬芳的阳光！

太阳就站在高高的天上，那么安详，在它眼中，一切都是渺小的，包括诞生，包括死亡。

但绝不包括爱，爱永远是上帝撒向人间的最好的礼物，就像笑脸为形、真金为色的向日葵，承载着一颗向上生长的心，在满世界里燃烧。让人们相信，即使这世界上只剩下一棵树，仍会有人去那树下歌唱；即使那树上只剩下一枚叶子，仍会有人对着它许愿，喃喃地说：让爱，把睡着的花们叫醒吧！

⊙ 冬天，有一盏叫年的灯笼

进了腊月，就闻到年的味道了。朋友在来信中说：“这平淡中凸起的年，不知不觉地唤回了我们丢失了三百六十天的心……”

这平淡中凸起的年，是让人归心似箭的五天。因为这五天，时光有了一个方向，它让日子里的水滴不停不停地流向一个叫年的湖泊，那里阳光普照，那里鸟语喧哗；因为这五天，岁月有了一个心脏，它让平淡中的脚步不停不停地走向一个叫除夕的家园，那里空气清鲜，那里人声鼎沸。

关于年的最快乐的印象始终在童年。那时，一个罐头瓶子里点上半截蜡烛就是灯笼，就能点燃孩子心上的火苗。我们拎着灯笼满街疯跑，像一群小小的天使，在夜里播撒着平安的消息，又像一只只萤火虫，积攒着一个个梦想，给苦涩的童年带来一点点安慰。那一盏盏幽暗的、不息地跳动着的火苗，照亮了一个个成长的出口，照亮了多年以后一个个爱的秘密。

那时，鞭炮是舍不得成联放的，要一个个地拆下来，一个个地放。在沉闷了许久的冬日，那时断时续迸出的响声像赖在炕上的懒汉的一个个响屁。可是在孩子们看来，那声响就美得如同诗人耳边的鸟鸣、钢琴家指尖上的涛声。等到把那一联鞭炮稀罕巴叉地放完之后，孩子们还有余兴节目。他们会在大街小巷搜寻那些“哑炮”，然后一一拾捡回来，把里面的炮药挤出来，再用纸一层一层地包好，安上一个捻儿，就成了最普通的“礼花”，在黑漆漆的夜里，找一群伙伴来，围成一圈，看这热热闹闹的焰火表演。

进了腊月，母亲便开始做粘豆包、蒸馒头、冻豆腐，忙得不可开交。母亲会把父亲提前买回来的糖果用一只篮子高高地挂在房梁上，免得我们这些“小馋猫”偷吃，可是不管母亲将它们挂得多高，藏得多隐秘，我们总有办法弄到手，往往是年还没到，年货先少了一大半，就连冻得比铁疙瘩还硬的粘豆包，也被我们硬生生地啃得只剩下个筐底。

父亲是从来不买对联的，只买红纸和墨汁。他总是兴高采烈地说：“家里这么多大文豪，还写不出一幅对子来？”我们就编词的编词，写字的写字，各司其职，不亦乐乎。对仗不工整、歪歪扭扭的对联常常惹来邻居的哄笑，可父亲一直让我们坚持这个习惯，这大概也是日后我喜欢上文学的原因吧。

过年的时候，我们要把一个大大的福字倒着贴在门上，内心的梦想只有一个：把福气关进门里。现在想想，福气不是关住的，而是源于你对世间、对别人爱的程度，所以在门上贴福字，其实就是在积攒对人间的祝愿。

平淡中凸起的年，就这样点亮了我的童年，点亮了我的生命。

冬天，有一盏叫年的灯笼，所以，日子虽寒冷却是明亮的。它使老妪的双颊重新染上青春的红晕，让她的丈夫在蓦然回首中，添几分惊喜，世人的心，透过厚厚的棉衣，又重新聚到一起。

在对年的守望里，家是最亮的一颗星，天南海北的人都向着家的方向奔涌而去。内心中无家可归的人是最为凄楚的人，哪怕他有山珍海味，哪怕他有名车豪宅。因为家不仅仅是一座房子，还要有一盏温情的灯、一个望眼欲穿盼你归来的人。

平淡中凸起的年，就这样轻声呼唤着我们丢失了三百六十天的心。

⊙ 风停了，天亮了

一幅画叫《风停了》，一首歌叫《天亮了》。

风停了，风筝便歇了。被幻想折磨得遍体鳞伤的风筝，就这样歇息在油画里，停止了笨拙的飞翔。

天亮了，忧伤像猫一样，踱过了夜的门槛。清晨的每一片叶子，都承接着夜里的眼泪，将它们变成快乐的露水。

风停了，晾衣绳上的裙子还在等她的身体。女孩把汗水洒在风里，发髻上的两盏菊花，把成长的秘密泄漏无遗。

天亮了，太阳笑了，一个美丽的花园，正在如火如荼地建设之中。

风停了，女孩的身后，是一望无际的冬天，她的眼前，是和风筝一起梦见的，短暂的春。

天亮了，在忧伤的夜里陪伴过你、拯救过你的那些星辰，在阳光出来之前慢慢退到了幕后。

风停了，枯干的树上没有一片叶子，一定是被饿着的风啃光了、嚼烂了，又吐回到地上。

天亮了，所有的眼睛被露水唤醒，看得见天堂。

风停了，那刚刚发生的一切、流浪的风和牵着梦想奔跑的孩子，都停了下来。

如今，我疲惫的心里布满怀念的光芒。雪，从怀念的瞳孔开始落下，直落到怀念的心里去。

可是，画中的女孩，你要记住，你不是一朵奔向黑暗的花儿。

天亮了，夜只是黑色的一截。夜里上了天堂的人，都往下看。死了这么多年，有谁还在怀念？

我在返回童年的路上悔恨。

想想谁会把那么多年，一直无家可归的风收藏？

风停了，我看到蜻蜓停留在水面，听见她说，清贫的水面是我的，我的幸福薄得透明。

我看见她扇动小巧纤弱的翼，比命运更早地来到水边。

她远离天空，因为天空上挂满虚荣的服饰。她贴近水面，因为水面上静得没有一丝欲念。

出嫁的时候，她摒弃一切虚荣的服饰，为爱，保有一份真心，为爱，长久地贴着这水面，赤裸得像忏悔的罪人。

天亮了，我看到飞蛾们那花瓣一般的尸体，覆满水面。

仿佛茶水里的茉莉花香，静静地挺进，慢慢地渗入。

风停了，呼啸的内心也静了下来，街道上干干净净，甚至没有一片落叶。没有人知道，那里刚刚经历的风暴。

落叶之所以贴着地面，是因为它有了另一个用途：被当作岁月的书签，夹进别人的记忆里。

风停了，孩子，别来拾捡我的落叶，你还不到年龄，不懂回忆。

风停了，毅然决绝的风，吹得走尘土，却吹不走故乡。我的亲人都是食草动物，每一天都散发着温和、善良的气息。

天亮了，我再一次听到那首动人的英文歌曲。那译文是：

“在我的影子里你一定很冷，阳光都被我挡住。但你一直满足于让我发亮，你一直在我身后跟着，所有的荣耀都给了我，而你却是我背后最坚强的支柱，没有名字，只有笑容掩去一切的痛。我能高飞像只老鹰，全因为你是我翅膀下的风。没有你，我什么也不是。”

风停了，世界并没有安静。一块表，趴在窗口晒着太阳。它的脚步始终不变，不论雨天还是晴天，一步一秒。云朵也依然在走，擦拭着尘世的心。

风把所有的秘密都播种到了风里。

天亮了，世界照样在旋转。

天亮了，伤害过你的夏天还会回来。

风停了，一些人背负情感的债，远走他乡。故乡，只剩下两棵树，依然在那里谈情说爱。麻雀在它们的肩头跳来跳去，帮它们传递情语，它们的生命里，从不提及仇恨。

天亮了，我聆听到一种幸福，停止了飞翔；我聆听到一种想念，静止成弦。我是月亮的替身，我来，是为了与你相拥：

如果在梦里，见到了天堂里的妈妈，请你代为向她微笑，转达我的问候。

风停了，是一幅画。

天亮了，是一首歌。

⊙ 离春天一步之遥

我刻意经过那个邮局门前，只为了看一眼那个奄奄一息的老人。听人说，他的脚腐烂了，连骨头都露在外面。我没敢走近前，只是远远地望着，我怕那些脏物会将我的慈悲赶跑，连同我的怜悯，一道落荒而逃。

他在那里一动不动，盖着一件破衣裳，如同死去一般。

那里有两个绿色的邮筒，被雕刻成天使的模样，装了翅膀，仿佛随时可以离地高飞。一封封信安静地躺在里面，如同躺着很多颗心：少年相思的心、少女怀春的心、慈母念儿的心、游子思乡的心……天使会带着这些心飞到它们想去的地方，不管春夏秋冬。

过了很久，我听到一声轻微的咳嗽，是他发出的，仿佛死亡的门偷偷留下的一个缝隙，让这属于生命的咳嗽声响亮起来。那个早晨的阳光灿烂无比，暖暖地照着他，似乎令他感到了生命中尚存的一缕温柔。他微微欠起身子，竟然望着太阳咧开嘴笑了。纷纷扰扰的行人在他身边不停地穿梭行走，一些人停留驻足，摇摇头，甩下一声叹息又匆匆走掉，转过头去，阳光依旧荡漾在脸上。

后来就下雨了，莫名其妙的雨来得迅疾而猛烈。老人把身子缩成了一个句号。一对情侣在不远处欢呼着，按他们的逻辑，这场雨是有来头的，因为那女人对男人说：“爱我，拿什么证明？除非你能让这大晴的天立刻下雨。”果真，雨下起来了，稀里哗啦的，没有任何征兆地倾泻下来。

我看到对面最高的楼层上，那个男人正举着水管向下面洒水，对爱情进行人工降雨。女人欢欣雀跃，为男人故意制造的浪漫感动得一塌糊涂。

老人头上的雨，像发了狂的洪水，冲垮他心中最后一个堤坝。

浑身湿透的老人不停地打着冷颤，好在阳光是慷慨的，一寸一寸暖着他的身子。

令人感到不解的是，这样一个已完全丧失行走能力的老人，却在身边整整齐齐地放着一捆行李，而且是极其干净的。他无法行走，只有靠路人的施舍来延续自己的生命，死神像风一样随时都可以将这根老迈的蜡烛掐灭。夜深的时候，凉意像歹徒的刀一样贴紧肌肤的时候，他却依然舍不得铺开那套干净的行李，用它御寒。

我想，一定有一个绿色的希望在老人的心里生长着。或许他依然梦想着奇迹的发生，希望有一天自己能站起来，用这崭新的行囊给自己暖一个小小的窝吧。

我揣着怜悯，站在离他五米远的地方，感受着一个气若游丝的生命。

阳光依然灿烂，一个孩子试图将一封信投进邮筒，可是他太小了，使劲翘着脚也无法将信投进去。老人用手撑着地，艰难地挪到孩子跟前，用尽全身的力气托举起那个幼小的身躯，一封信就这样生出了翅膀，一颗心就这样开出了苞蕾。

“爷爷，你怎么不能站起来啊？”

“爷爷生病了，没力气了。”

“那我扶着你。”

“瞧你这小不点，还没我蹲着高呢，怎么扶我啊？”

孩子和老人都笑了。那绿色的天使邮筒，在阳光下又像是一棵郁郁葱葱的植物。在这个万物生长的季节，很多人忽略了一样弥足珍贵的东西——爱，近来的收成不是很好，常常青黄不接。

邮筒之所以是绿色的，就是因为它会给人带来希望。它挺立在那里，帮人传递着亲情友情和爱情，而那个无法行走的老人，他的春天，却永远无法通过邮筒传递出去。

我来是为了什么呢？我开始扪心自问，难道仅仅想对他说上几句安慰的话吗？我怎么没有想到，给他满身满心的怜悯，不如给他一支廉价的消炎药更有效呢。

他的春天，无法邮寄，而我的忧伤，又何尝不是！

我的记忆中始终收藏着这难忘的一幕，他用两只手支撑着向前移动。那两只手，是两支发育不全的树枝，吐不出新芽。他在离春天很近的地方，一步之遥，但就是无法到达。

每当我想起这个不放弃希望的老人，都会引来一阵疼痛，那来自于灵魂深处的忏悔，就像我的风湿病，常常在雨天让我周身上下都渗出冷冷的汗水。

⊙ 每段青春，都是一截奋不顾身的蜡烛

那时候，什么都肯放掉，就为了那些新鲜的、刚刚开始品尝的恋爱的味道。

毫不吝惜地，把自己燃烧掉。挥霍和放纵，总不该放在同义词的床上，挥霍是洒脱的，而放纵却带着一丝忧伤。青春时光走得最快，就像那些奋不顾身的蜡烛，在妖娆的夜里舞蹈、尖叫，耗掉了生命里最珍贵的元气。

或许是青春的脚步太过迅疾，还未准备好时就已要去迎接。总有人会承受不了，于是偏离了轨道，甚至忘掉了曾经一起并肩的美好。我们用叛逆去遮掩内心的苍白空洞，叫嚣的背后是对成长的困惑。

青春，是一个多么诱惑人的字眼，多少奇迹都在那里打好了包，准备邮寄。不施粉黛、素面朝天的女孩，把快乐打进旅行包里，浪迹天涯。如果她开始忧伤，那便是恋爱了，那忧伤便也是始料未及，排山倒海般的，这年少的愁思，一波又一波，正如年少的惬意，也总是一浪高过一浪。

青春里有多少快乐，就有多少忧伤，而那些忧伤，是多么纯净，多么美好。这里的忧伤，大多来自于暗恋。暗恋总是痛苦的，因为一个人被蒙在鼓里，而另一个备受煎熬。思念在心中如藤蔓般缠绕，随着时光流逝渐渐枝繁叶茂。但很多人执着于这种暗恋，不能自拔。

还有，就是烈酒里掺着温柔得让人蚀骨断肠的洋酒的那样一种情感，

不被认可的、惊世骇俗的、阳光普照却又走投无路的情感，都属于这个范畴。青春是无所畏惧的，年轻的侠客侠女们遇到这样的情形，自然会心有灵犀双剑合璧，向束缚他们的世俗发起挑战。最具杀伤力的一招是“私奔”。这“私奔”的绝学是从卓文君那里传承下来的，正在被他们不断地发扬光大。女作家乔叶在她的小说《从窗而降》中这样阐述了“私奔”的概念：“私奔。私的舌尖音低婉灵俏，奔的爆破音明朗决绝。俨然就是一阴一阳、一女一男，在月黑风急的夜晚，手手相携，背井离乡。张皇中夹着甜蜜，纷乱中含着凄艳……暧暧昧昧的一堆意思，被精简进两个字的框里，却没有那种委琐下作和浑浊不堪……”

曾经的颜色，总是冷的，像是除夕过后清晨的老街，烟花燃尽，满地是炮竹的碎屑，散发着淡淡硫磺味的洪荒。

时间是一个不折不扣的盗贼，偷走了我们太多的东西。

那些曾经，我们自觉不自觉地一边丢弃一边缅怀，理由是，我们要向前走。等有一天蓦然回首，灯火阑珊处只剩灯火阑珊。我们是舍不得那些不谙世事爱憎分明的年少，还是不太愿意面对世故漠然的今天？失去的总是美好的，所以才会有那么多人无可奈何地恋恋不舍频频回头，只为一个每年都有却再也没有当年味道的盛夏。

你的曾经里有到不了的天涯，我的曾经里有回不去的故乡，他的曾经里有带不走的身外情，她的曾经里有醒不来的梦中人。原来我们都曾拥有“曾经”二字，那些曾经，便是我们逝去的青春，散着淡淡硫磺味的熄灭后的烟花。昨日不可回，就好好珍存吧，捕一点意境，捉几个清丽的词，写一封给昨日的情书、给自己的情书。

这个世界上没有什么是应该被忘掉的，就算是受伤也是一种经历，我们却总是习惯在旁人的追述中，才恍然记得自己错过了什么。弹指一挥间，每段青春，都是一截奋不顾身的蜡烛，只管纵情地燃烧，不去顾及，悔恨的潮水是否已没及脚踝。

这生命啊，曾如一粒豆子般圆圆满满、跌跌撞撞，到处打探世界的音息。

这生命曾如一根修竹，碧绿婷婷，而又固执多情，坚守着青春里那个执著的梦。

这生命还将继续，如一条蛇，蜿蜒而冷峻。那是成熟的残忍。

这生命还将如一片叶子，终生漂泊，只剩下叶落归根的奢望。

第七辑
为一朵花披上袈裟

“如何使一滴水永不干涸？”

“让它归入大海。”

“如何使一颗心永恒？”

“让它皈依自然。”

⊙ 翅膀与跑鞋

有时候，不切实际的梦想会毁掉你的生活。

我有一个和我从小一起长大的朋友，什么事都想逞个强。按理，这也是好事，毕竟是男人嘛，谁也不想甘居人后，可是，如果方法不对，一切都会是虚幻的。

从一开始他就和我较着劲儿。我们都是高考落榜生，那段日子，他和我一样，也都是怀着另一番大志的，虽然考试落榜了，心没有落榜，打心眼里要和那些上了大学的同学比一比，看将来谁更有出息。

我每天坚持学习和写作，他也跟着效仿，写出一些不伦不类的诗歌来，经常拿来向我炫耀，说有一天要出版一本诗集呢。而我并不着急去写，而是夜以继日地看书，补充知识营养，我觉得那时候的自己就像是一个空气球，看着个儿挺大，里面没东西。我看名著，里面精彩的段落我会看上好几遍，基本上都能达到耳熟能详的地步；我背唐诗宋词，一大本一大本地背。他看到我这样用功，也来了劲头，买回一本厚厚的《辞海》。他说你不是背唐诗宋词吗？那我就背《辞海》！我真佩服他的勇气，他也确实背了一个月，那本《辞海》的前二十页被他背得滚瓜烂熟，你随便挑一个词，他都会一字不落地说出词条的意思和出处。

我告诉他，如果不会应用这些词语，那就算把整本《辞海》背下来，又有什么用处呢？他顿有所悟的样子，舍弃了这项“伟大事业”，转而继续操练他那高深莫测的诗歌。一条死胡同，他走了整整八年。八年里，他写了上千首诗歌，可是一本集子都没有出版过。而此刻，我已经在写作上略有了些名气。

他有些甚是不服气的样子，这八年里，他几乎是足不出户地在经营他的诗歌，而我却辗转腾挪，干过很多工作，只是利用业余时间来写作。他哀叹：有心栽花花不活，无心插柳柳成荫。我不置可否。

我劝他，先好好过日子，找个正经营生，然后再去继续你的梦想。人总要先吃饱了肚子，才有力气去做梦啊。

他听我的，买了个三轮港田，每日里在县城的大街小巷穿梭。之后，我们各自成了家。让人意想不到的是，他找的媳妇竟然是个文学爱好者，也很漂亮，愣是被他那些天文一般的诗歌给迷住了。

这媳妇也和他一样，有点“一根筋”，对他写诗大力支持，自己在外面打了好几份工，以便他有更多的时间在家里写作。有了这个坚强的后盾，他写得更来劲了，几千首诗歌猛增到几万首，然，依旧没有出版社肯出版他的诗歌。

我是绝无半点诋毁他的意思，如果他能够博览群书，充分调动和运用他的智慧，再加上一些灵性和悟性，没准也能成为一个像博尔赫斯那样的大诗人，可是前提是，他拒绝看书，整天挖空了心思闭门造车，这样的诗歌怎么会有活着的气息呢？

与此同时，我成了一些畅销杂志的签约作家，这一点很让他嫉妒，他终于不想再钻牛角尖了，不再写诗（好像能写的都被他写绝了），而改写散文了。

他向我要了一大堆编辑的邮箱，他说他要像我一样，靠稿费过日子。

他把自己写的诗歌、散文啥的，一股脑儿地向那些邮箱倾倒进去，无奈个个都石沉大海，很久没有音息。他倒是不灰心，每天写了新东西，就往那些邮箱里发一份，也不管题材和那些杂志是否能靠上边。

他想着另辟蹊径，他觉得能不能发表文章，都是编辑一句话的事情，他和媳妇商量，他想和那些编辑们疏通一下关系。媳妇面有愠色，无奈他决心已定。媳妇节衣缩食，辛辛苦苦攒下的几千块钱，他都带上了，按照杂志上的地址，挨个地去拜访。

时间过去很久，他和编辑们倒是打得火热，无奈他的文章着实无法发表，他又不肯静下心来，潜心研究写作，总是梦想着有那么一天，一鸣惊人。终于有一天，他那个文学爱好者的媳妇再也无法忍受他，弃他而去。

有这样两个人，要前往很远的同一个目的地，其中一个总是梦想着给自己插上翅膀，一下子就飞到那里；而另一个买了一双结实耐用的跑鞋，一刻不停地开始奔跑。所有人都知道，最后是谁到达了目的地。

一晃儿很长时间我们没有联系了，前几天，从朋友那里得到了关于他的最新消息：他把用来营生的港田卖掉，买回一台电脑，继续为他的梦想添薪加柴。

和他相比，我觉得自己就是那个穿跑鞋的人，每天不停地为自己补充能量，脚踏实地，一步一个脚印，努力使自己保持全新的状态，继而冲过一个个目标终点线。而他，就是想飞的那个人，却总是飞不起来。

成功的路上没有捷径。在奋斗的旅程中，与其幻想着插上翅膀，不如去买双实实在在的跑鞋。

⊙ 十号轮盘赌

蒂姆和凯瑟琳相爱了整整十年，谁都不会想到，如此恩爱的他们，却分了手。

令蒂姆抓狂的是，凯瑟琳移情别恋的对象，竟然是自己的好朋友罗杰斯。

凯瑟琳喜欢赌博，而罗杰斯在拉斯维加斯开了一家赌场。为了满足凯瑟琳赌博的欲望，蒂姆经常会给她一些钱，纵容她去赌，并把罗杰斯介绍给了她。他真后悔让凯瑟琳和罗杰斯认识，罗杰斯是个情场老手，多少美女都逃不过他那双忧郁的眼睛，更要命的是，罗杰斯有的是钱，可以变着花样玩浪漫，而他呢，现在的事业正在走下坡路，每天忙于工作，陪凯瑟琳的时间很少，而女人却是多么需要这个。

“亲爱的，回到我身边来，好吗？我会努力使自己成为从前的我，我会比以前做得更好，你相信我，回来，好吗？”蒂姆苦苦哀求着。

“不可能了，一切都过去了。”凯瑟琳一边收拾东西，一边绝情地说。

“可是你要知道，罗杰斯是个花花公子，这么多年，我最了解他，你和他在一起，等于是在玩火。”

“不，蒂姆。就算没有罗杰斯，我们也依然要结束了，请不要把我们的事情都归结到罗杰斯的头上，当然，我也不否认，现在，我的确很爱他。”

“是因为我现在的公司不景气，而他却腰缠万贯。对吗？”

“随你怎么想吧。十年，就让它画个句号吧。再见，蒂姆。”凯瑟琳吻了下蒂姆，毅然决绝地离开他们相爱了十年的爱巢。

“女人真是很奇怪的动物，动情起来热得全身沸腾，绝情起来冷得人心发颤。”蒂姆想，他该学着去忘记她了。

他看了看手表上的日历，十月十号。他不禁苦笑一下，他们相识于十年前的十月十号，不知道是有意还是巧合，一切都仿佛是上天注定好了一样，十号，令他纠结的一个数字。

从此，不自觉地，他像被附了魔咒一样，涉及数字的时候，他总是有意去避开这个数字，因为这能触痛他心灵的伤疤。音乐会上，如果他的座位是十号，他会找别人和他换座位；咖啡馆里，他会离十号桌远远的……他的心始终还是放不下，始终不能轻松。

如果她跟了别人也就罢了，偏偏是和自己最好的朋友好上了，这让他无法接受。包括自己公司生意的一步步下滑，他都觉得是有人故意谋划的，爱让他的心理失控，他开始怀疑身边的每一个人。

“嘿，嘿，福特曼，你不能把这个工作拿家里去干，天知道你家里的电脑有没有保密系统，这可是咱们公司的机密。”

福特曼垂头丧气地回来，看来又要在暗无天日的公司加班了。这还不算，当他掏出一盒烟，想点上一支，缓解一下疲劳，蒂姆却一下子冲了上来，一把抢下福特曼手中的烟，扔到地上，用脚使劲地踩，一边不停地骂道：“和你说过多少次了，不要在我面前抽这个牌子的香烟，难道你没长记性吗？”

福特曼低声骂了一句，捡起地上的烟，看了看那牌子——“雪茄十号”，又委屈又郁闷。

他的坏脾气终于使身边剩下的最后两个亲信也离他而去，他真正成了孤家寡人。

他开始酗酒，可是该死的，他竟然在酒瓶子上看到了“十度”的字样，他把瓶子忿忿地摔出去，仿佛要摔掉自己的霉运。

每个月的十号，他都会把自己关在屋子里，哪儿也不去。那是他每个月里必定要消失的一天。

当公司的破产报告放到他桌子上的时候，他想到了死。

他想见凯瑟琳最后一面，他想，生命的门，是关还是开，都要看凯瑟琳是否能够回心转意。

“请您死了这条心吧，即便有一天，我和罗杰斯分手了，我也不会再回头了。而您也大可不必为我这样一个女人太过伤心，我不值得您这样。”凯瑟琳依旧决绝地拒绝了他。

“那么好吧，祝你幸福。”

蒂姆心灰意冷，他来到拉斯维加斯，来到他的好朋友罗杰斯的赌场，他要在死去之前进行一次豪赌。他把剩下的所有的钱，包括他的豪宅名车，都拿到赌桌上换成了筹码。凯瑟琳离开他，让他觉得一切都失去了，一切都变得没有任何意义，钱留着也无用，不如都赌了吧。他想，他要把一切都输掉，然后干干净净地离开这个世界。用这样的方式结束自己的生命，也好。

他的手枪里有两颗子弹，一颗是给自己的，另一颗是留给罗杰斯的，他要在输光一切后，先把罗杰斯干掉，然后自杀。

他来到一张轮盘赌的赌桌前，恰巧，凯瑟琳也在。

他望了一眼凯瑟琳，然后负气一般，把所有的筹码都押到了十号上。

这个令他爱、令他疯、令他狂的号码里面，有过太多的欢笑和泪水。

“就在这个号码上结束这一切吧。”蒂姆闭上眼睛，手不自觉地去摸了摸口袋里的手枪。可是令他万万没有想到的是，轮盘上那个指示针就像附了魔咒一般，悠然地转了几圈以后，竟然慢慢地向十号滑去，最后竟然不偏不倚，就温柔地停在那里，像只小猫一样，乖乖地，一动不动。

他听到了一个女人的尖叫，是凯瑟琳，不过，他拒绝了她飞奔过来的拥抱。

“人生真是无常啊！”蒂姆感叹着，心有余悸地摸了摸口袋里的手枪。看来，他可以省下那两颗子弹了。

⊙ 不要输掉你的月亮

大刘好赌，方圆百里，无人不知，最惨的一次，输得只剩下一条内裤，从此，人送外号“刘一裤”。

“嘿！大刘，今儿个没多穿几条裤衩儿啊？”几个赌徒和他打趣道。

“用不着，咱今天带的货多。”大刘拍了拍自己的口袋，确实鼓鼓溜溜的，让那几个赌棍立时瞪圆了眼睛，对他口袋里的钱充满了渴望，恨不能一下子都赢过来。

大刘带的货，是他变卖了家里赖以生存的最后一块地得来的。

按说，大刘家的生活在村里算是上等的，大刘能干，夏天种地，冬天去货场给别人装货，日积月累，存了一些积蓄。可自从沾惹上赌博，没几年的工夫，就把家底败个精光。这还不打紧，从此，他活也不愿干了，成天想着怎么捞本，没了积蓄就不停地变卖家里值点钱的东西，结果越捞输得越惨，赌博成性的大刘，最后什么也没剩下。

家里的孩子刚两岁多点，女人每天哭哭啼啼地劝说他戒赌，他有时候也心软，在心里发狠要戒掉，好好去挣钱过日子。可是那些输出去的钱，就像招魂的鬼一样，不停地勾惑他，让他一次次不能自拔。

他的手哆嗦着，额头上沁着大颗大颗的汗珠儿，几个赌徒不停地催促着：“到底押不押啊？”

他们玩的是一种叫“踢顺子”的扑克游戏，他手里已经发了四张牌：10、J、Q、K，并且全都是黑桃，只要再来一个9或者A，或者再来张黑桃，他都可以赢；如果运气绝佳，给他来个黑桃的9或者A，那就更是无敌的同花顺啦！应该说他的赢面非常大，赌桌上就剩下他和对面的一个人在跟牌，对方牌面上有一对K，已经全押了，此刻他面临两个选择：要么全押，把以前输的都捞回来；要么放弃，留下最后的这一点财产。

那个场景，让人想起一幅关于赌徒的油画，画中十分传神地描绘了赌徒们的表情：一个人流露出压抑不住的喜悦，另一个对他的对手疑虑重重，第三个带着阴郁的绝望，第四个显得好斗，剩下的那个人已经准备离开人世。

他掏出所有的钱，准备一次性押上的时候，他的女人忽然跑了进来，怀里抱着哭闹的孩子。她绝望地看着他，向他哀求道：“留下几块钱吧，哪怕给孩子买个面包也行。孩子饿了，难不成你让我拿天上的月亮给他吃吧？”

赌博的人都迷信，如果牌局被女人搅了，运气肯定会背到极点。他充满怨恨地训斥着她，同时也悄悄收回他的手，让那些不本分的跃跃欲试的钱没有从他的口袋里蹦跶出去。

他仍旧犹豫着，他的牌面实在让他不舍得放弃这最后一搏。

“这样吧，”大刘的女人看他犹豫不决的样子，说道，“这把就把我押上吧，你输了我就是别人的。”女人的话很决绝，一副赴死般的悲壮模样。

女人那张惨白的脸，像极了天上的月亮。

满屋的人都被这女人的阵势吓住了，这么多年来，还从来没有哪个女人，为了自己的男人把自己押出去的，这是蝎子粑粑——独一份！

他看着自己女人的举动，深深地内疚起来。这么多年，女人一直跟着自己吃苦受罪，却从没有半点怨言，就盼着他能早日戒了赌，好好回家过日子，可是他一次次地让她失望，她的心，该是冷凉成冰了吧。

他心疼起眼前的女人来。女人那张惨白的脸，像极了天上的月亮。

他放弃了。

庄家拿起本应属于他的那张牌，诡异地笑了一下，但随即放回到牌里面，告诉他，那是一张方片3，如果他全押，那就真的什么都不剩了。“哈哈，那样你家的这个月亮就进了别人的被窝啦！”男人们肆无忌惮地开着玩笑。他倒吸了一口凉气，感激地看了看他的老婆，和他的老婆回家了。

大刘用这最后一笔没有下注的钱，买了个三轮车，给别人送货，慢慢地，日子重新走上了正轨。

戒了赌之后，大刘变得轻松多了。一天夜里，他望着夜空，情不自禁地笑了，浑圆的月亮在天空闪烁，像一枚巨大的银币。他以为什么都没有了，其实不是，他还有月亮，这个他永远也输不掉。

他知道，他身边的女人也是一枚月亮，和天上那个遥相辉映，他不能输掉她。

经历了这次“女人搅局”的风波之后，村里赌博的人不知道为什么少了很多，很多人和大刘一样，也都务起正业来。

一日，当年那几个在一起赌博的人凑巧聚到一起，不再赌博，改成喝酒了。酒过三巡，聊起当年那场“生死局”，当时负责发牌的庄家酒后吐了真言，他告诉大刘，其实发给大刘的下一张牌，是A，无敌的黑桃A。

⊙ 残缺的糖

老唐是个残疾人，我们叫他“糖块”，因为他带给我们很多甜蜜美好的时光。

与他交往，纯粹是因为文字的缘故。那时，我们对文学无比热爱，不厌其烦地用一首首诗歌描绘着美好的明天，仿佛生命中到处都是奇迹，时刻梦想着上帝为我们打开一扇扇门，让我们徜徉在春意盎然的花园。

那个时候，糖块的诗是我们当中写得最好的，而且他为人仗义，性格直率，自然，他就成了我们的大哥，他的修鞋铺也就成了我们常常光顾和聚会的地方。聊到兴处，他就干脆扔下手中的活，邀我们去他住的地方，饮酒作诗，恣意狂欢。玩牌的时候，没有人愿意跟他一伙，因为他即使抓了世界上最好的一副牌也会最后一个出完，那时我们总是不明白，聪明绝顶的一个人为什么玩起牌来却那么弱智。

后来才知道，因为他是我们的大哥，他要哄我们开心。

在遭遇生命中那场雨之前，糖块是快乐的，每天把一双双未老先衰的鞋子修理好，使它们枯木逢春，得以延续生命。他的修鞋铺生意不错，自然跟他的手艺有关，但更多的原因是他那张三寸不烂之舌，不管男女老幼，他都会找到话题，让人在晕晕乎乎之间竟找到了一种宾至如归的美好感觉。

那本油印的诗歌小册子吸引来不少漂亮的女孩，糖块为她们“感冒”了好几次，最终的结果却是，糖块做了“行善积德”的“老媒婆”，那些漂亮女孩都被他身边的男孩子们一个个地领走了，最后剩下的，还是他一个人。但是糖块以此为乐，小夫妻们发生争执了，也愿意往他那里跑，只要他动动嘴皮子，准能把他们哄得和好如初，红着脸来，牵着手走。

他的修鞋铺就这样成全了很多爱情。直到今天，那个破旧脏乱的修鞋铺仍时时牵动着我们的心，它就像生生不息的顽强的草，无论怎样也无法将它从我们的记忆里割除。

当妖（我们当时为那个女孩起的绰号）走进糖块生活里的时候，我们与他的友情便不再艳阳高照了。妖很温柔，每天都会在黄昏的时候用轮椅推着糖块一起散步。糖块幸福极了，拿出积蓄为妖买首饰和皮装，有时候甚至一连好几天都不去修鞋铺了。后来，妖走了，给糖块的存折里剩下五十块钱。那天，雨下得很大，糖块在雨里淋着，不肯回屋。后来，他的脚丫子犯下了毛病，一到下雨阴天就痒痒得如坐针毡。也好，打那以后，我们再也没听过天气预报，谁想知道老天爷的阴晴圆缺只需问问糖块那只预言的脚丫子痒不痒就行了。

糖块将修鞋铺兑了出去，他四处凑钱，发誓要做大买卖。他说妖之所以离开他，就是因为他没钱。

糖块再不迷恋文学了，他跻身商海，到处嗅着金钱的味道。从家电商场到花肥工厂再到拆迁公司，他也算是小镇上的名人了。虽然他患过小儿麻痹症，无法站立起来，但小镇上的人宁愿蹲下来也要和他握握手。有了钱，他身边便不再缺少女人了，只是，小镇上的人再没见过哪个女人推着他到掺了蜂蜜的夕阳里散步。

我还记得，他写下的最后一首诗就是关于那场让他心灵受了伤的雨，写得很好，也算是他为自己的青春留下的绝唱吧：

生命中下起了雨
却无法浇灭悲伤
它一分一秒不间断地燃烧
烘烤着一场潮湿的记忆

灵魂里只剩下半块镜子
太阳也跟着残缺了一半
桌子上的白纸是我的玫瑰找到的最后一片土壤
我把所有想说的话，所有在微笑中梦见的时光
都变成一行行跳跃的诗句

却依然
无法与你的心灵押韵

糖块的修鞋铺子就这样在我们的记忆里陈列起来，被冠以“一级文物”重点保护。糖块从来没有想过，他曾经缝好了多少双鞋子，补好了多少对情感，那些鞋子又踩出了多少道路，那些情感又酿出了多少故事。

糖块想的只有一件事：他有钱了，可是妖为什么还不回到他身边呢？

⊙ 刀娘

刀娘不姓刀，真名叫韩金子，是百里挑一的有名的刀匠。很少有女人做刀具的，她却是一把好手，而且人长得漂亮，人们都叫她刀娘。

那是一个朝鲜族聚集的村子，民风淳朴，善良好客。

朝鲜族的女人素来以勤劳闻名，刀娘便是那样一位勤劳朴素的巾帼典范，每日里从早忙到晚，从来没有任何怨言。提亲的人络绎不绝，叽叽喳喳地落满她家的院子。她们相中的不仅仅是她的容貌，更有她的人品。

可是却始终没有令刀娘中意的人，也难怪，刀娘长得实在太漂亮，一颗心便跟着高傲起来。

就在此时，令人意想不到的不幸发生了。

在一次冶炼过程中，刀娘被窜出的火苗烧伤了脸，从此她的左脸永远烙上了自卑的痕迹。

提亲的人不再来了，她的院子总是空落落的。她开始变得郁郁寡欢，脾气也变得暴躁，一颗高傲的心渐渐落了下去，直落到谷底。

去邻居家提亲的人却依旧很多。一日，媒婆领了一个英俊的青年来，那青年，刀娘一眼便相中了，可是那个英俊的青年，并不抬头看她一眼，而是走进了邻居家。

刀娘想，为什么自己漂亮的时候没有遇到他呢？真是造化弄人。

她开始嫉妒自己的女邻居，因为她有一张漂亮的脸孔。

在一个黑夜，她动了坏念头，她要毁掉别人的美好。她提了一把刀，她想把那个漂亮女人的脸蛋划出一道道口子来。“这样，那青年就会回头来找我吗？”她在心底对自己说。

“不会，他会恨死我的。”她自问自答。

想到这里，她的刀不自觉地掉到了地上。她想，还好，那把火烧焦的只是自己的脸，没烧焦她的心。

她捂着自己的脸，兀自伤心地哭了起来。

忽然有一双手轻轻拍了拍她的肩膀，一个很好听的声音在她的耳边响起：“你怎么了，我能帮你什么吗？”

借着月光，她看到了他的脸。是他，那个她一眼便相中的青年。

“没、没怎么。”她的心砰砰乱跳，语无伦次地应着。

“这么晚了，我送你回家吧。”青年不容她拒绝，就和她并肩走入了夜色。

不一会儿，他们就俨然成了无话不谈的好友。

“你知道吗？我来你们村子最大的收获就是找到了刀娘。”那青年说。

刀娘一愣，心想他怎么认识自己呢？没等她开口问，青年接着说：“我和刀娘下个月就要结婚了，你是她的邻居，你应该收到请柬了吧？”

她多想告诉他，她才是真的刀娘。可她终没有说出口。她想不明白的是，邻居为什么要冒充她呢？

“我来你们村就是为了寻找刀娘，我听说过很多关于她的故事。没想到，她真的和我想象中的一样，心直口快、美丽善良。”

原来是他误把女邻居当成了刀娘，女邻居也干脆来了个将错就错。月色正浓，没有人看得见她的哀伤。

一日，邻居家里不知道什么原因起火了，浓烟滚滚，女邻居被困在屋子里，大声地喊着救命。那个英俊青年赶来了，一股脑地要往火海里冲。刀娘一把拉住了他：“我去，反正我的脸已经烧伤过，不在乎再多一次。”青年被她的勇气震慑，愣怔住了。刀娘冲进火里，背着那个女人出来。

女人得救了，当那女人得知是刀娘救了她，羞臊得不知道该躲到何处。

“我背着你，招了喜欢你的情郎呢！”她红着脸对刀娘说。

“没啥，只要你们俩互相喜欢就成。”刀娘的心虽然痛，却一肚子的菩萨心肠，“只是我不明白的是，为什么他会把你误认为是我呢？”

“因为我也叫dāo娘啊，不过，我不是你那个刀匠的刀，我是每天喜欢叨叨着找人唠嗑的‘叨娘’。”

⊙ 掂一掂这轻如纸屑的春天

老范是个孤儿，一个残疾人，以修鞋为生。

他喜欢文学，可偏偏是文学害了他。

他像封建社会遗留下的一颗穷酸文人的种子，在 1980 年的勃利小镇破土发芽。

他始终不渝地相信书中有黄金屋和颜如玉，他在自己的食量上打折，为的是用省下的钱买书。

文学在他那里变成了罂粟花，他迷醉在里面，无法自拔。整天把自己泡在幻想里，生计问题便成了他的心头之患，每天靠朋友和好心人的施舍度着他随时都有可能熄灭的生命。

他过分依赖梦想的力量，直到肚子饿得想蚕食同类时仍旧把诗歌放在胸口。

他给自己取了个“莫愁”的笔名，希望自己有一个不再忧愁的未来，希望自己能和莫言、莫应丰一起在文坛上构筑起“三莫”的壮观画卷。那是他的理想，也是他的枷锁。

小镇上的报纸是没有稿酬的，但对他不一样，编辑们宁可自己掏腰包，也要付给他稿酬，每次一元两元的，实在不忍打消他对文学的积极性。发表他诗稿的报纸他都像宝贝一样地珍藏着，每每有朋友来，他都要拿出来供人欣赏，期待着几句赞誉之辞。那时，他的心就会平复，他想他残缺的生命里终有一些别人所不及的东西。这种假想的虚荣支撑着他的灵魂，一如那把破旧的轮椅支撑着他的身体。

他死于饥饿（我总是这样认为，如果不是因为饥饿，他就不会因为精神恍惚而被车撞倒），让人不得不担心在人潮汹涌的天堂的入口，他有没有力气挤得进去。

他在死亡之前的最后一顿饭是我和妻子为他做的，他把三天没吃的饭全都补了回来，他快乐地抚摩着自己撑得圆滚滚的肚皮，似乎把这一生的饥饿都赶跑了。

可是这一顿饭也只能抵挡一时，他还是被饥饿的龙卷风卷跑了，瘦骨嶙峋的他被死亡带走时一定轻如纸屑，没有一丝一毫的抵抗。

老范是这个小镇上让我感动的一个悲哀的身影，他摇着轮椅，捡起自己所见到的每一块砖、每一片瓦。他说过要给自己盖一间房子，然后请我们去做客。我们被他梦想着的幸福感染了很长一段时间，在路上见到能用的砖瓦时，便会顺便替他拣回来。

为了一块砖，他会摇着轮椅，走很远的路。我想，他在弯腰吃力地拾起那一块块砖的时候，脑海中想着的一定全是他的房子，他无比快乐，仿佛睡眠的虫子梦见了春天。

那是他捡到的最后一块砖，紧握在他的手里。为了这块砖，他被车轮碾碎了。那是块小半截的砖，上面沾满泥浆，但对于老范来说就像是长城和金字塔上的砖一样珍贵。

老范死的时候，他的小窝棚旁边已经攒下了像小山一样多的砖瓦。他曾说过，等熬过了这个冬天就好了，等春天时把房子盖起来，好日子就来了。可他终究没能熬过那个冬天，我想他即使没有被车轮碾碎，也会在他的窝棚里被冻死。本来他有两袋煤的，是在运煤车每天经过的路上一块一块拣回来的，他不舍得烧，说留着新房子盖起来再烧。

可他去了天堂，不再需要这些尘世的砖瓦。

大概只有天堂里才有他的春天吧。

后来，他捡来的那些砖瓦被人瓜分了去，热热闹闹地洗劫一空，就像在炎热的夏天瓜分一块爽口的西瓜，有的盖仓房，有的盖猪圈，还有的盖了厕所。而他曾经住过的窝棚被拆掉，继而在原地盖起了一座小楼，专营按摩生意。每天晚上，暧昧的霓虹灯不停地闪烁着，客人们不停地穿梭往来，门庭若市。没有人知道，那里曾经只是一个偏僻的角落，有一个用简易车棚做成的家，有一个人，在里面甜甜地酝酿着一个春天的梦。

那是一个残缺的春天，轻如纸屑，没来得及绽放就已熄灭。

⊙ 多余的一手

在佛罗里达州的圣彼得斯堡，有过一个另类的“传奇”：肯。

肯是一个神偷，他有一个雄心勃勃的计划：在四十岁之前，撬开一百个门锁，然后，金盆洗手。

按理，凭他的技术，是断不会阴沟翻船的。可他偏偏就栽了，就在他四十岁生日那天，撬开第一百个门锁之后。

对于他，登堂入室如同探囊取物，他想得很周到，常常给自己留了后路，每次进入别人屋子的时候，他的作案工具里，总是少不了两件东西：一根长长的绳子，以备主人回来时他从窗口逃离；一副手套，从头到尾，他都会带着它，不会在任何地方留下任何一点蛛丝马迹。这也正是令警方头疼的事，他就像一个幽灵，穿梭在那个城市里，没有人可以捕捉到他。

他仿佛与世隔绝一般，从不与人交流，没有人知道他住在哪里，什么时候出现，他总是尽可能地打破规律，不让规律束缚自己。

肯只是偷窃，从不伤人。基于这点，人们在评论他的时候，并无多少厌恶，更多的是对这个神秘人的敬慕。

“嘿，听说了吗？肯昨天又干了一票大的。”

“这小子真是越来越神了，好像长了翅膀一样。”

……

圣彼得斯堡的大街小巷，常常听到人们这样谈论肯。

有一次，他做完一个大单子之后，销声匿迹了很久，渐渐淡出人们的视线。警方也放松了警惕，认为这家伙终于发了慈悲，不再“戏弄”他们，都松了一口气。没想到，他卷土重来，在短时间内接连做了五起案子，件件令人头疼不已。事情传到州长那里，州长很生气，增派了很多精英侦探，并下达了死命令：一个月之内务必将肯捉拿归案。

肯好像知道警方的一切行动，在接下来的时间里，他又一次人间蒸发，那些神探们在曾经的案发现场没有任何收获。被一个小偷耍得团团转，这对警方来说真是一个奇耻大辱。

说来让人不敢相信，那么多神探没有抓到的神偷，竟然被一个刚加入警队不久的小警察轻易抓到了。他在被盗的那户人家的门柄上，查到了肯的指纹。这是以前从来没有过的事情，警察们有些疑惑不解，抓了这么多年没有抓到的神偷，竟然犯下那么低级的失误：在门的把柄上留下指纹。

本来他是可以不留痕迹地逃之夭夭的，可是他看到了那户人家熟睡中的女人和孩子，看到她们脸上那种幸福的笑意，他的心一下子软了下来。他没有亲人，他想象着将来他也可以有自己的妻子和孩子，想到她们在睡梦中是否也会有这种幸福感呢？“不会，因为我是个小偷，她们会整天跟着提心吊胆！”想到这里，他不禁激灵了一下，口袋里虽然装满了窃取的东西，他却忽然有了一种怅然若失的感觉。

他偷偷地溜掉了，没走几步，他忽然有种担心，担心那熟睡中的女人和孩子。他想，万一自己走后，别人闯进来，那可不是闹着玩的。他越想越是害怕，便折回身去，轻轻地把门给关上了，并用他的“万能钥匙”把门锁上。这个时候，他忘了带手套。

就是这个鬼使神差的举动把他暴露了。他是个不成功的小偷，因为他没有掐灭灵魂里残存的那点善良，这点善良出卖了他。

对于自己的多此一举，他并没有觉得后悔，他说："不知道为什么，当时就是觉得要把门替她们关好，是她们脸上的那种幸福感感染了我。"

讯问肯的时候，他并不沮丧，相反却显得很兴奋。他的话出人意料："我是个孤儿，从小到大，没有人留意和关注过我，我做的这一切，只想让你们来关注我。终于，我成功了，你们开始关注我，非常关注，甚至我成了你们的通缉对象，这让我非常高兴。真的，这么多年了，没有人在意过我，我太孤独。"

警察们本想在肯的脸上看到沮丧和痛苦，借以来宣泄一下这么长时间以来他带给他们的郁闷，可是他们很失望，因为肯的脸上始终微笑着，仿佛他的行动又一次得手。

"被人留意和关注难道不是一件值得高兴的事情吗？"肯笑着说。

⊙ 弯下腰，是为了昂起头

他是一家上市公司的老总，腰缠万贯。他很久没有坐过公共汽车了，有一天，他突发奇想，想体验一下普通百姓的生活。他投了币，找到一个靠窗边的座位坐了下来。他好奇地打量着身边的人，他的前边是个怀孕的妇女，他的身后是个上了年纪的老人，这些普普通通的人，每天挤着公共汽车，日子虽然过得清苦，但依然很快乐，在他们的脸上，看不出悲苦，有的只是对生活的满足。他的心情很好，他的对面有一个很漂亮的女人，他可以近距离地欣赏。车子到了下一站，上来的人渐渐多了，美女就渐渐被人遮住了，他看不到她，就闭上了眼睛，回味着那女人的曼妙风情。忽然，有个尖利的声音向他砸来："你就不能给让个座啊？一个大男人一点都不绅士。"他睁开眼睛，看到一个妇女抱着一个婴儿，站在他前面，而那个抛出尖利声音的女孩继续对着发愣的他吼道："瞅什么瞅，说你呢！"全车的人都朝他这里望过来，他的脸"刷"的一下霞光万丈，赶紧站了起来，把座位让给了那个抱孩子的妇女。在下一个站台，他狼狈地逃下了车，他万万没有想到自己会出这么大的丑，下车前，他狠狠地看了一眼那个牙尖嘴利的丑女孩，恨得直咬牙根。

他的公司要招聘，在面试的时候，他亲自进行把关。他见到了一个面熟的人，是她，那个让他出丑的女孩。不是冤家不聚头，他在心里暗暗得意，终于有报复她的机会了。

女孩也认出了他，神情顿时紧张起来，额头上沁出汗水。

“你把我们每个人的皮鞋都擦一遍，你就可以被录用了。”他对她说。她站在那里，犹豫了很久，家里的经济已经全线告急，她太需要这份工作了，尽管自己有高学历，也有能力，但因为长得丑，很多公司都将她拒之门外。现在，机会就摆在她的面前，只要她放下自尊，为他们擦一次皮鞋。可是，她又怎么可以用自己的尊严去交换啊。

他在心里断定这个倔强的女孩是不会屈尊的，继续挑衅一般地催促着她。没想到她竟然同意了，她拿来鞋刷子，蹲下来，开始替这些考官们擦鞋。他得意地想，你不是厉害吗？怎么没动静了。轮到他了，他还故意翘起二郎腿。忽然，他觉得自己有些过分了，女孩在车上虽然伤害了他，但本质上却是为了做好事，有点侠义风范呢。他向下属要来她的档案，她的笔试成绩第一，遥遥领先于后面的人，从各方面来看，女孩都是出色的，再说，自己也总不能在众人面前食言吧。

于是，在她给几个考官擦完鞋子后，他当众宣布，她被录用了。

她并没有显得过于兴奋，只是微微地向众考官们道了声谢谢，然后一字一顿地对他说：“算上您，我一共擦了五双鞋子，每双两元钱，请您付给我十元钱。然后，我才可以来上班。”

他无论如何也没有想到女孩会这样说，但他的宣布决定已经做出，无法再更改，只好很不情愿地给了她十元钱。更让他意想不到的是，女孩拿着十元钱，走到了公司门口一个捡垃圾的老人身边，把十元钱送给了他。

有一些灵魂注定是高贵的，不管命运将他拿捏得如何卑微。就像这个女孩，虽然她的尊严受到了伤害，但她却给它找到了一个高贵的出口。

从此，他对这个丑女孩刮目相看。事实上也确实如此，女孩在日后的工作中，表现得非常出色，业绩出众，替他完成了很多貌似无法完成的任务。

有一天，他忍不住问她：“当初我那样难为你，你的心里有没有怪怨？”

女孩却答非所问：“我弯下腰，只为了换一个可以昂起头的机会。”

⊙ 为一朵花披上袈裟

夏天的末尾，花朵们将演出推向了高潮。莺歌燕舞，月影凝香，一朵一朵虚荣的花儿，簇拥出一座花园的繁华。它们开得义无反顾，开得赴汤蹈火，全身心都燃烧起来，毫无一点节制。秋天随后就来了，一朵领头的花儿落下来。落下来的花儿，紧接着带走了其余那些不情愿的花儿。

绽放的时候，争先恐后；凋落的时候，退避三舍。落英缤纷，一地残骸，是每一年都在重复着的剧情。顺了四季的愿吧，可是花朵说不，它们总是叹息，嫌花期太短。

欲望和虚荣就像那些喜欢攀比的花儿一样，倘若贪恋，毒瘾难除。

一日，一个高僧路过一片花田，那里生长着大片大片的鲜花，一朵一朵争着怒放，比着向外吐着芬芳。见此美景，高僧却摇摇头，不肯往前一步。

一朵修行已久的花儿见此，不禁有些疑惑，幻化出人形飘然落于高僧面前。

"你疾步来此，莫不是为了此地的景致吗？景致就在眼前，缘何又停止不前？"

"远观足矣。"

"不近些怕是闻不到最浓烈的花香呢。"

“如果没有风将花香吹散，浓烈的花香囿于一处，时间久了，便和粪臭无异。”

“你这和尚好生无礼，竟用如此秽语来形容我等。”花仙子显然发怒了。

高僧却并不理会，接着问道：“你认为自己最美丽的时候是何时？”

“当然是开得最艳丽的时候。”

“不，就像女人的掩口一笑是最美的一样，花开一半才是最美的好时节。”

说罢，高僧脱下袈裟，披到花仙子身上：“只为着你自己，开一次吧。”袈裟蒙住了她的眼睛，使她看不到其他的花儿怒放的盛景。

许久之后，她再次睁开眼睛的时候，其他的花儿都已枯萎凋零，唯有她，依旧灿烂如初。

她顿有所悟，欲望太过热烈，开得越鲜艳，衰败得越猝然。

人和那些花儿一样，免不了受着欲望和虚荣的蛊惑。

人是奇怪的，这个世界越是生满了红，铺满了绿，就越是孤独，越是忧愁。

人往往是因为爬得太高，才让自己的脚下变成了深渊。可是很少有人不往高处走，人的心如同一座神秘的高原，只要有路，可以一直走到天上。

三毛写过一首诗：

我不吃油腻的食物，我不吃饱，这使我的身体清洁；
我不做不可及的梦，这使我睡眠安恬；
我不住豪华的居所，这使我衣食无忧；

我不穿高跟鞋，这使我的步子更加悠闲；

我不跟时装流行，这使我的衣着永远长新……

三毛仿佛就是那朵因披了袈裟而开悟的花儿，不张扬，不炫耀，只为自己的心绽放自己的美丽。

听到这样的话，我想为杂草丛生的欲望剃一次光头，我想摒弃繁华，向内心聚敛芬芳。

“如何使一滴水永不干涸？”

“让它归入大海。”

“如何使一颗心永恒？”

“让它皈依自然。”

⊙ 倘若生命列车可以返程

倘若生命列车可以返程，你会给你的人生，准备好怎样一副行囊？

1965年的秋天，他即将退役。部队领导经过严格考察和筛选，决定留下五个人在部队重点培养，他是其中之一。就在此时，家里的一封信改变了他一生的命运。家里人在他当兵之前给他介绍了一门亲事，现在女方催促他回家完婚，他就像被什么东西附了身一样，一刻都等不下去，他放弃了这一切，包括转业安置的机会都不要了。其余那四个留下的人，后来都做了军官，职位都在团级以上；而他做了一辈子农民，一生和土地打交道，除了当兵之外，没有再出过远门，晚景虽算不得凄凉，但过于单调，每日里和几个喉喽气喘的老家伙打点小麻将，常常为输了几块钱而郁闷好几天。他微驼了背，有点老年痴呆的假象，当年的老兵组团来看他，讶异不已，他看上去比那几个当了军官的战友至少老了十岁。

"唉，如果当初……"战友们对他的境遇唏嘘不已，一声叹息如叶子般轻柔地落到他的后背上，却令他猛然向前打了一个趔趄。

1991年的秋天，一个十五岁的少年，因为过于高傲，中考志愿只报了一个重点高中，结果以一分之差被拒之门外。高傲的他放弃重读的机会，认为不上大学，靠自己的本事一样可以成为人中龙凤。结果走了很多弯路，付出比别人多出好几倍的艰辛，用了近二十年的时间才有了一点小小的成就，而当初几个成绩不如他的同学早于十年前就拥有了他现在所拥有的一切。一个决定，让他丢失了十年的好时光。

2005 年的春天，一个中专毕业的姑娘决定不高考，去找工作。尽管同学和老师一再相劝，说她考个好大学不成问题，将来的前程也会很光明，她不为所动，只想尽快找到一份工作，早一点赚钱养家，因为家境实在太过窘困。她做了很多种工作，目前在一个浴池做收银员。一个高傲的莘莘学子，身上的光芒正慢慢褪去，只剩下一份平庸。

这三个人，分别是我的二叔、我自己，以及我的表妹，我们选择了现在的人生，并势必在回忆的时候抱怨生活，抱怨自己走过路过错过。倘若时光能够倒流，人的一生也能如列车一样有返程的时候，我想我们一定会认真准备好自己的行囊，带着最初最美好的愿望，从头开始，重新去认识道路。

妻买回那盆荷花时，还是含苞未放的。夜半我被朋友找出去，陪失意的他喝酒到天明。待我回来时，只见一枝洁净的莲，盈盈开放在这间寂静的小屋。趁着屋子里淡淡的薄香，我睡了。中午醒来时，看到花瓣合在了一起。这是白荷花的节律吧——它只开在夜半和黎明。

第二天，我有了时间，把它放到我的书桌上，准备一边写文章一边看着它，以为这样便不会错过它的再度开放。然而未及晚上，花瓣便一枚枚从茎端飘落……

初时伤神，继而明白——凡世间可遇不可求之人和事，都因它们自有节律。所以有错过，也是不必太过哀伤的，因为那一切从来时便是为了要去的，只不过从我们眼前一时经过一下。于这样的缘份，若我们不能看得分明、懂得透彻，必定要徒惹些惘然的伤感！

虽是擦肩而过，我不是也在那薄薄的荷香里美美地睡了一觉吗？亦当知足了吧。

人间事，若细细掂量，错过的总是比握住的多得多，但错过的景致正因为是错过，而在心头占据着一定的位置，从而不忘，虽然遗憾，但也算另一种意义上的收藏吧。

人生本来就是由各种遗憾组成的，所幸，我们只是错过，而不是过错，所以，请继续怀揣着那些美好的心愿，继续着生命列车可以返程的梦想，不要遗弃它们，永远。

⊙ 如果雪花可以收藏

今冬少雪，这世界仿佛便少了一份温柔；今冬少雪，这冬，就仿佛失魂落魄了一般。

今冬少雪，仅有的一场雪，稀稀零零的，厚度还不如美女脸上的粉底。有人开玩笑，画了张漫画，堆了一个骷髅状的雪人，说今年只能堆出这样的雪人来。

今冬少雪，忽然之间，一颗心就仿佛无从寄托，变得轻飘起来。我才知道，雪，于我是何等重要。就像感冒时候的一颗颗药粒儿，很轻，但足以治病。

有一片雪花跟在我梦里，它晶莹剔透柔情缱绻，其实，我一直将这片雪花带在身上，直到有一天，我发觉我猝不及防丢掉了它。

这么多年，一直因为有了一片雪花的陪伴，我才懂得了那些细小的快乐。那时候，我很小，不懂得美好会被融化，只是知道有美好的感觉，我就快乐。快乐总是透明的、无瑕的，也是最直接的、最纯粹的。雪花毫不掩饰自己的情绪，总是在最寒冷的时候跑过来把我温暖，在我把自己包裹得严严实实的时候，用它美的意境，带给我快乐的笑脸。

是怎样将它弄丢的呢？我无从知晓，只知道它的消失和我的心境有关。不知道从什么时候起，发现自己的微笑变得僵硬，不再是发自内心，有些话也变得言不由衷，轻易地就将谎言的子弹弹射出去，击伤了别人，自己却练就了金刚不坏之身，仿佛不再有什么可以令自己柔软。

但是，雪花还是令我惦念的。即便日子越过越薄，但回忆越攒越暖。我弄丢的雪花，我要亲自寻找回来。

那一日，看路灯下一红衣女子，左顾右盼，一副望眼欲穿的模样，似在等待心上人来赴约吧。可是许久许久，都是她一个人。看她频繁地掏出手机，却又一次次失望地放回口袋里，看来对方是有意关机的。他没来，她一个人在那里等了很久很久，已近午夜，仍没有转身离去的打算。

我忽然，为她感觉到了刺骨的寒冷。

雪都去了哪里？这绝情的天空，果真，连一份弱不禁风的誓言都不肯给予一次吗？我有些为那痴情的女子不值，那狠心的男子，怎可辜负这佳人的一片痴心。这世间，有这样一种女子，一旦动了情，便做好了把自己整个抛出去的打算，哪怕是风口浪尖，哪怕是寒冷的中心，都无所畏惧。她们为了爱，宁可把自己剥得一干二净，凛冽而决绝。

好在上帝是仁慈的，果真就飘来了几朵雪花，总算是让一颗受了寒的心，得到一丝安慰吧。

人世间有些东西是无法收藏的，它们去了就去了，留不下一丝痕迹，但生命中它们来过，就像雪花，在掌心化掉，你看不到它，但它亲吻过你。

年少时，喜欢在雪地上写情书，把自己喜欢的人的名字和心底想说的话偷偷地写在雪地上，阳光出来，它们就化掉了，但不管怎么样，自己总认为对那个女孩说了自己想说的话，所以感激雪，它的洁白里埋藏着我们太多的心事。

当然，我也曾如此伤感，为我堆积的雪人在阳光下渐渐融化，我仿佛看到了它的哭泣，只为着不能与我一起执手到老。

如果雪花可以收藏，我一定把心灵里最美好的角落留给它，珍藏它的同时，也净化了自己。

如果雪花可以收藏，我一定会小心翼翼地将它们保管好，留给我的后代看。因为我怕，那个时候，他们早已不知道这个世界上曾经有过一种叫雪花的美妙事物。

“是的，叫雪花，那是属于心灵的纯洁的花儿。”我不厌其烦地给孩子们看那些雪花的照片。老花镜从手中滑落，嘴边的涎水也不由自主地滴落下来，但心里的雪花还在。

雪花还在，我便活着。